Les larmes de l'amour

Barbara Cartland est une romancière anglaise dont la réputation n'est plus à faire.

Ses romans variés et passionnants mêlent avec bonheur aventures et amour.

Vous retrouverez tous les titres disponibles dans le catalogue que vous remettra gratuitement votre libraire.

Barbara Cartland
Les larmes de l'amour

*Traduit de l'anglais
par Catherine Denis*

Éditions J'ai lu

Titre original :

THE TEARS OF LOVE

Copyright © Barbara Cartland, 1975
Pour la traduction française :
© Éditions de Trévise, 1980

Note de l'auteur

En 1892, les Britanniques soupçonnèrent à juste titre les Etats-Unis de chercher à attirer l'Argentine sous leur influence par une offre de cent millions de dollars.

Selon des rapports secrets du Foreign Office, les ministres français et uruguayens d'alors reconnurent les menées américaines en vue d'implanter une base navale, soit en Argentine, soit en Uruguay.

Les relations privilégiées, surtout commerciales, entre l'Argentine et l'Angleterre, connurent leur âge d'or entre les années 1899 et 1928.

1

1894

— Inutile d'insister, maman! Jamais je n'arriverai à coudre aussi bien que toi. Il va falloir que je trouve du travail.

La femme qui reposait dans le lit poussa un léger cri.

— Non, Cañuela, je ne veux pas que tu ailles travailler au-dehors! D'ailleurs, qu'est-ce que tu pourrais faire?

Cañuela sourit.

— Tu oublies, maman, que je parle espagnol, portugais et un peu d'italien. Je pourrais être engagée en tant que secrétaire d'un homme d'affaires.

— C'est impossible! Qu'aurait dit ton père? s'écria sa mère, horrifiée.

Cañuela traversa la pièce pour venir s'asseoir sur une chaise près du lit et posa tendrement sa main sur les longs doigts pâles qui reposaient au bord des draps.

— Essayons de discuter raisonnablement, dit-elle de sa voix douce.

— Je suis sûre de pouvoir faire au moins une heure de couture par jour, reprit sa mère.

— Tu dois faire ce que le docteur t'a dit, c'est-à-dire ne rien faire du tout! répliqua Cañuela.

Mrs Arlington poussa un profond soupir.

— Nous est-il vraiment impossible de vivre sur nos économies? fit-elle à voix basse.

— Je le crains, répondit tranquillement Cañuela.

— Tout est ma faute, dit Mrs Arlington. Ces médicaments sont si coûteux... Quant à la nourriture! Ai-je vraiment besoin d'avaler autant d'œufs et autant de lait?

Elle soupira de nouveau.

— Je ne peux supporter l'idée que tu ailles travailler. Les hommes te remarqueront, tu es bien trop jolie, ma chérie.

Elle disait vrai; Cañuela était d'une étonnante beauté. Elle avait un visage presque parfait, d'un ovale régulier, avec un petit nez droit aristocratique. Mais lorsqu'on la voyait pour la première fois, on remarquait surtout ses immenses yeux gris-vert.

Ses cheveux étaient d'une teinte surprenante, dorés avec des reflets roux; elle avait de longs cils bruns, et sa mère ne pouvait ignorer que, où qu'elle aille, Cañuela attirait les regards masculins.

Depuis leur retour en Angleterre, l'état de santé de Mrs Arlington n'avait cessé de se dégrader.

La raison n'en était pas seulement le désespoir provoqué par la perte de son mari dans de tragiques circonstances et la publicité hostile qui avait entouré sa mort. Avec sa fille, elle s'était de plus retrouvée pratiquement sans argent.

Elles avaient vendu les quelques objets de valeur qu'elles possédaient et, depuis six mois, vivaient de l'argent que gagnait Mrs Arlington en vendant ses merveilleuses broderies.

Une boutique de Bond Street(1) achetait tous les sous-vêtements de satin et de soie brodés qu'elle avait le temps de coudre.

En fait, la demande était bien supérieure au travail qu'elle pouvait effectuer.

Cañuela savait coudre les ourlets, couper les vêtements, piquer la dentelle, mais elle n'arrivait pas à broder avec la même habileté que sa mère.

---

(1) Bond Street : riche rue commerçante du centre de Londres. (N.d.T.).

Surtout, il lui fallait beaucoup plus de temps et elles avaient de si nombreuses commandes en retard que le propriétaire de la boutique commençait à se montrer désagréable à leur égard.

Cañuela avait l'impression que la liste de médicaments et aliments coûteux dont sa mère avait besoin s'allongeait un peu plus chaque semaine. Et pourtant Mrs Arlington s'affaiblissait de plus en plus. Elle avait terriblement maigri, toussait sans cesse et avait aux joues une rougeur inquiétante qui contrastait avec la pâleur de son teint.

— Crois-tu, reprit au bout d'un moment Mrs Arlington sur un ton hésitant, qu'il y ait... en Angleterre... des gens qui... aient réellement besoin de secrétaires sachant... parler... espagnol?

— Il doit bien y avoir quelqu'un, quelque part, répondit Cañuela. J'ai lu dans le journal, l'autre jour, que ce pays achète maintenant à l'Argentine plus de viande que jamais! (Elle eut un petit geste expressif avant de poursuivre :) Cela signifie que quelqu'un, ici, établit des contrats, écrit aux *estancieros* (1) d'Argentine, et, comme tu le sais, la plupart ne parlent qu'espagnol!

Mrs Arlington demeura silencieuse un instant avant de dire à voix basse :

— Ton père avait conçu de si beaux projets pour toi, quand tu serais grande! Il avait toujours su que tu serais belle et il mettait de l'argent de côté pour t'offrir un merveilleux Bal des Débutantes, des robes élégantes et la chance de rencontrer les meilleurs partis.

— Papa, en tout cas, aurait beaucoup apprécié ces réceptions! répondit Cañuela en souriant.

— Et toi également, répliqua sa mère. Quelle femme ne souhaite être admirée, fêtée, flattée?

---

(1) *Estancieros* : grands propriétaires terriens en Amérique latine. (N.d.T.).

Cañuela garda le silence. Puis elle reprit, sans le moindre soupçon d'amertume dans la voix :

— Rien ne sert de pleurer sur le lait renversé, comme disait ma gouvernante anglaise.

— Pauvre miss Johnson, je me demande ce qu'elle est devenue, fit remarquer Mrs Arlington. Mais, vois-tu, Cañuela, la personne à laquelle je pense le plus souvent, c'est Maria. C'était une femme si charmante, et elle nous aimait tant.

— Elle adorait papa. Je me souviens encore de toutes les berceuses italiennes qu'elle me chantait quand j'étais toute petite, et qu'elle chantait toujours quand nous sommes revenus à Buenos-Aires. (Voyant l'air triste de sa mère, elle s'empressa d'ajouter :) Nous ne parlerons plus de tout cela, si tu préfères, maman.

— J'y pense sans cesse, répondit Mrs Arlington. Je me rappelle les dernières années, pleines de succès pour ton père, quand tout le monde disait que son prochain poste serait une ambassade en Europe – et puis...

Elle s'interrompit brusquement, fermant les yeux pour que sa fille ne puisse voir les larmes qui montaient.

— Et puis le malheur est arrivé! dit Cañuela à voix basse, et malgré tout ce qu'on a pu dire, nous savons, toi et moi, que papa était innocent!

— Bien sûr qu'il était innocent! s'écria Mrs Arlington. Comment imaginer qu'il ait pu commettre une telle action? (Elle poussa un profond soupir et reprit d'une voix plus assurée :) Il n'aimait pas seulement l'Angleterre, mais aussi l'Argentine. Il disait qu'il avait ce pays dans le sang et que Buenos Aires était sa patrie au même titre que Londres.

— Je me souviens l'avoir entendu le dire, répondit Cañuela. Il disait également que, loin de l'Argentine, il rêvait du Rio de la Plata (1), de la plaine et des gens

---

(1) Rio de la Plata : estuaire de Buenos Aires. (N.d.T.)

qui se montraient si chaleureux, si amicaux à son égard.

– Jusqu'à ce qu'il ait besoin d'eux! murmura Mrs Arlington.

Cañuela se releva et traversa la pièce.

– Jamais je ne pardonnerai aux Argentins le comportement qu'ils ont eu, dit-elle. Je les hais! M'entends-tu, maman? Je les hais! De la même manière que je hais ses soi-disant amis de la légation britannique qui ne l'ont pas soutenu quand il s'est trouvé en difficulté.

– Ils n'ont pas su quoi faire, dit Mrs Arlington. Une fois le rapport envoyé en Angleterre, il fallait que ton père rentre pour être soumis à une enquête.

– Mais qu'espérait-on découvrir au ministère des Affaires étrangères? demanda Cañuela.

– Si seulement on avait pu retrouver cette fameuse carte, dit Mrs Arlington en soupirant. C'est ce qui lui a fait tant de tort. A bord du navire, ton père ne cessait de me répéter, tout en marchant de long en large dans la cabine : « Où pourrait-elle se trouver? Qu'est-ce qu'on a bien pu en faire? »

Cañuela perçut tant de désespoir dans la voix de sa mère qu'elle revint près du lit et prit ses deux mains dans les siennes.

– Cesse de te torturer, maman. Voilà une chose que nous ne saurons jamais, et du moins papa est mort en héros.

Mrs Arlington ne dit mot et elles furent toutes deux envahies par les mêmes souvenirs.

Lionel Arlington avait plongé par-dessus bord pour se porter au secours d'une petite fille tombée à l'eau. Il l'avait ramenée saine et sauve jusqu'à une chaloupe qui venait les rechercher.

C'est alors qu'inexplicablement, au moment où il aurait dû monter à bord, il avait disparu dans les flots à jamais.

11

C'était un bon nageur et la mer n'était pas particulièrement agitée.

On n'arrivait pas à comprendre qu'après avoir secouru l'enfant, il ait dû ensuite payer de sa propre vie, à moins qu'il ne l'eût souhaité.

Les journaux s'étaient emparés de l'événement et on pouvait lire en gros titres :

« UN DIPLOMATE SUSPECT
MEURT EN HÉROS
TRAITRE OU HÉROS? »

Des articles interminables débutaient en ces termes : « L'accusation portée contre l'un de nos brillants diplomates aura-t-elle été une tragique erreur? »

Grâce à la gentillesse du capitaine du navire qui avait ramené Mrs Arlington et Cañuela en Angleterre, elles avaient pu échapper aux hordes de journalistes qui les attendaient sur le quai.

Elles réussirent à débarquer sans attirer l'attention. Et puis, elles avaient disparu.

Les journaux avaient bien tenté de retrouver leurs traces, mais en vain.

Personne ne soupçonnait la tranquille « Mrs Gray », qui avait loué une chambre pour elle et sa fille dans une modeste pension de Bloomsbury (1), d'être la veuve, tant recherchée, du diplomate dont la disparition avait occupé la première page des journaux pendant près d'une semaine.

Qui aurait pu se douter que la tentative, faite au début de l'année 1892 par les Etats-Unis d'Amérique pour attirer sous leur influence l'Argentine, provoquerait une réaction internationale aussi violente?

Au mois de mars de la même année, le ministre (2)

---

(1) Bloomsbury : quartier de Londres. (N.d.T.)
(2) Ministre : agent diplomatique de rang immédiatement inférieur à celui d'ambassadeur, chargé de représenter son gouvernement à l'étranger. Le ministre est à la tête d'une légation, représentation diplomatique entretenue à défaut d'ambassade.

britannique en fonction à Buenos Aires avait envoyé un rapport « hautement confidentiel » au marquis de Salisbury en Angleterre. Ce rapport laissait entendre qu'un certain Mr Pitkin avait offert de fournir au gouvernement argentin une certaine quantité de métal d'argent, équivalant à une somme de cent millions de dollars.

Avant même d'avoir reçu une réponse, le ministre britannique était parti en congé, laissant Lionel Arlington comme chargé d'affaires pour résoudre ce problème.

Les négociations américano-argentines lui semblèrent si alarmantes qu'il fit partir le plus long télégramme codé dans l'histoire de la légation britannique.

Mais, tandis qu'à Londres les hommes du gouvernement se penchaient sur la situation en Argentine, il fut impossible de garder l'affaire secrète et une polémique passionnée se déchaîna, d'autant plus violente et acharnée qu'elle n'était pas officielle.

A Londres, le *Times* publia un bref compte rendu sur les tentatives américaines d'acquérir une base sur le Rio de la Plata.

Dès lors le secret était éventé, et le ministre américain se trouva contraint de faire une déclaration publique afin de réfuter ces déclarations.

Le ministre français, cependant, était convaincu que ces discussions avaient bien eu lieu et, d'un commun accord avec le ministre uruguayen, il affirma que les Américains voulaient acheter une base navale, soit en Argentine, soit en Uruguay.

C'est alors qu'un petit fonctionnaire de la légation britannique, Janson Mandel, soutenu par un dissident argentin, envoya à Londres un rapport secret et confidentiel. Ils prétendaient que Lionel Arlington intriguait personnellement avec les Américains.

C'était entièrement faux.

La jalousie et un désir de vengeance personnelle étaient à l'origine de ce rapport, car l'homme en question avait été frappé et humilié par Mr Arlington pour avoir manqué de respect à sa femme au cours d'un bal.

Le ministère des Affaires étrangères aurait très bien pu ignorer ces accusations car, en fait, la menace, si inquiétante pour les Britanniques, d'une alliance américano-argentine, disparut rapidement et les Américains se lancèrent dans une guerre des tarifs, ce qui amena le gouvernement argentin à décréter un blocus sur le pétrole, le bois et tout le matériel américains.

Malheureusement, les ennemis de Lionel Arlington, qui auraient alors dû se trouver contraints de laisser tomber toute cette affaire, découvrirent qu'un plan secret, extrêmement important, des défenses portuaires de Buenos Aires, avait disparu de la légation britannique. On l'avait vu pour la dernière fois entre les mains d'Arlington, ce que ce dernier, d'ailleurs, ne contestait absolument pas.

Mais lorsqu'on lui demanda de bien vouloir redonner cette carte, il prétendit qu'elle avait disparu!

En ces circonstances, le marquis de Salisbury ne pouvait que rappeler Lionel Arlington à Londres pour une enquête.

Personne ne sut qui avait rapporté ces événements aux journaux argentins, mais il n'était guère difficile de deviner le nom de l'informateur.

On était toujours prêt, à Buenos Aires, à dénigrer les étrangers présents en Argentine, bien que l'argent qu'ils y investissaient fût de la plus grande importance pour le pays.

Pendant quelques semaines la ville fut frappée d'une nouvelle vague de xénophobie qui provoqua quelques émeutes parmi les membres de l'*Unión Civica Radical*......

On brandissait le nom d'Arlington comme celui

d'un traître et non d'un homme qui avait consacré plusieurs années de sa vie à maintenir de bonnes relations diplomatiques entre son propre pays et l'Argentine.

Cet homme d'une grande personnalité, parfaitement intègre, très sensible et cultivé, se désespérait à la seule pensée que quelqu'un pût imaginer qu'il avait agi de la sorte.

Lorsqu'ils s'embarquèrent pour l'Angleterre, Cañuela, alors âgée de seize ans, eut l'impression que son père avait vieilli en une seule nuit.

Et maintenant elle contemplait sa mère, adossée aux oreillers et, constatant les ravages opérés par la souffrance et la maladie, elle se disait que, depuis deux ans, non seulement son père était mort, disparu en mer, mais aussi une partie de sa mère.

– Tu vas guérir, maman, fit-elle soudain. Nous n'allons pas continuer à rester assises ici, dans la misère, à nous cacher, en nous laissant peu à peu mourir de faim. Je vais gagner de l'argent! Au moins suffisamment pour nous procurer un minimum de confort.

– Je ne peux permettre cela, Cañuela, répliqua sa mère. Tu n'imagines pas tous les dangers que renferme le monde pour une jeune personne aussi jolie que toi. Tu n'es jamais sortie seule, toujours chaperonnée comme toutes les jeunes filles espagnoles, et anglaises d'ailleurs.

– Tu veux parler de jeunes filles de l'aristocratie qui peuvent se permettre de ne rien faire, répondit Cañuela. Nous n'avons plus d'argent, maman. C'est pourquoi il faut bien que j'en gagne!

Elle avait dit ces mots d'un ton brusque, inhabituel, et, tout en parlant, traversa la pièce pour se retrouver face au miroir qui était posé sur une commode.

Elle se regarda un moment dans la glace, puis dénoua sa chevelure, qui avait été habilement coiffée en chignon. Ses cheveux se répandirent sur ses épaules, tombant presque jusqu'à la taille en vagues d'or étincelant. Elle se mit alors à les tirer en arrière de son front ovale avec une brosse dure et les entortilla en un petit chignon serré. Elle prit soin de le fixer si étroitement, avec de longues épingles, que ses cheveux étaient parfaitement aplatis sur le dessus de sa tête.

Elle ouvrit un tiroir et, fouillant à l'intérieur, en retira une paire de lunettes noires qui avait appartenu à son père.

Il les avait portées un été, après s'être blessé aux yeux dans un accident de cheval, car le docteur estimait la lumière trop vive pour sa rétine fragile. Elle les plaça sur son nez.

Comme c'étaient des lunettes d'homme, elles étaient grandes et cachaient une bonne partie de son petit visage mince.

Elle se retourna.

– Regarde, maman! La parfaite secrétaire!

Mrs Arlington regarda sa fille d'un air médusé.

– Quelle horreur, Cañuela! Tu as vraiment réussi à t'enlaidir avec ces lunettes!

– C'est bien ce que j'espérais, répondit Cañuela. Tu es bien forcée de reconnaître, maman, qu'ainsi aucun homme ne risque de se retourner sur moi.

– C'est sans doute un déguisement fort efficace, acquiesça Mrs Arlington.

Cañuela portait une robe noire.

Elle n'en avait que quelques-unes. Après la période de deuil qui avait suivi la mort de son père, ni elle ni sa mère n'avaient pu se permettre d'acheter de nouvelles toilettes.

Les jolies robes qu'elles avaient portées à Buenos Aires étaient toujours dans leurs malles, mais elles préféraient oublier les vêtements, les couleurs, tout le luxe qui appartenaient au passé.

Cañuela se dirigea vers l'armoire et prit sur l'étagère

supérieure un petit chapeau noir. Quelques rubans noirs en étaient la seule fantaisie et Cañuela les aplatit bien pour retirer tout ce qui pouvait donner une allure trop pimpante à son chapeau.

Elle l'attacha sous le menton et couvrit le corsage de sa robe d'une veste noire ajustée, sévèrement boutonnée jusqu'au cou.

– Je sors, déclara-t-elle. Cela risque de prendre un certain temps, maman; ne t'inquiète donc pas pour moi.

– Où vas-tu? demanda Mrs Arlington.

– Au bureau de placement Brewstead, à Piccadilly, répondit Cañuela. Je me rappelle y être allée avec papa, quand nous étions à Londres il y a quelques années, afin d'engager un comptable pour l'ambassade d'Espagne.

– Je m'en souviens, fit Mrs Arlington à voix basse. C'était un jeune homme fort charmant.

– J'aimerais que quelqu'un puisse te tenir compagnie, maman.

– Ça ira très bien jusqu'à ton retour, répondit Mrs Arlington. Mais fais vite, ma chérie. Tu sais que je n'aime pas te savoir dans les rues toute seule.

Cañuela eut un petit rire.

– Je ne risque rien, avec l'allure que j'ai aujourd'hui. L'homme qui m'a suivie hier, depuis les magasins, ne se retournerait même pas sur moi.

– Un homme t'a suivie? Oh, ma chérie, tu ne m'en avais rien dit!

– Que pouvait-il faire en plein jour, dans une rue encombrée de monde?

Mrs Arlington tendit vers sa fille des doigts tremblants.

– Es-tu bien sûre de ne pas faire une erreur? dit-elle. Seule avec un homme, dans un bureau, tu ne serais pas aussi en sécurité que dans une rue pleine de monde.

Cañuela répondit sur un ton rassurant :
— Je te promets de faire très attention en choisissant mon employeur. J'essaierai de trouver un personnage vieux comme Mathusalem et riche comme Crésus!

Mrs Arlington tenta vainement de sourire.

Après le départ de Cañuela, elle regretta de n'avoir pas protesté avec plus d'énergie contre la brusque décision de sa fille de chercher un emploi. Mais elle savait, avec désespoir, que le peu d'argent qui leur restait ne durerait pas longtemps.

Elle se rendait bien compte que Cañuela maigrissait et se privait de nourriture afin de pouvoir acheter les médicaments que le docteur ne cessait de lui prescrire et qui, lui semblait-il, demeuraient sans effet.

Ses visites aussi coûtaient cher.

Et toujours aussi fières, elles insistaient pour le payer chaque fois.

L'avenir semblait si sombre, si désespéré, que Mrs Arlington s'étendit et ferma les yeux. Une larme, bientôt suivie d'une autre, glissa le long de ses joues.

— Oh, Lionel, Lionel, murmura-t-elle, comment puis-je continuer à vivre sans toi?

Cañuela dut changer une fois d'omnibus avant d'arriver à Piccadilly. Il ne se produisit aucun des incidents auxquels elle se trouvait généralement confrontée lorsqu'elle sortait seule.

Elle n'avait pu ignorer plus longtemps qu'elle attirait le regard de tous les hommes, ce qui lui valait souvent leur aide et une attitude courtoise de leur part, mais également un bon nombre de rencontres désagréables.

Des employés de bureau, des individus dont le travail consistait à espionner dans les écuries de courses essayaient parfois d'engager la conversation avec elle.

Dans le West End(1), on rencontrait toujours des hommes en chapeau haut de forme, qui avaient l'allure de gentilshommes, mais non leur comportement.

Ce jour-là, pour la première fois, elle passait inaperçue et elle pensait avec joie que son déguisement se révélait parfaitement efficace.

Elle espérait aussi avoir l'air plus âgé. Il se trouverait peu d'employeurs susceptibles de croire qu'une jeune fille de dix-huit ans puisse avoir son intelligence et sa connaissance des langues.

Elle était née en Argentine, ce qui expliquait son prénom, car ses parents se trouvaient en villégiature dans le charmant et paisible village de Cañuela quand sa naissance, un peu prématurée, avait eu lieu.

Lorsqu'elle eut cinq ans, son père fut envoyé en Espagne et, après trois ans passés à Madrid, on lui avait offert un poste plus intéressant à Lisbonne.

De là, ils retournèrent en Argentine et, pour Cañuela comme pour son père, c'était comme s'ils étaient rentrés chez eux.

Lionel Arlington, avec le même plaisir qu'un enfant, lui montra tous les endroits qu'il avait visités au moment de sa première nomination à Buenos Aires, avant son mariage.

Chaque matin, ils faisaient des kilomètres à cheval à travers les plaines verdoyantes et inhabitées, qui s'étendaient à la sortie de la ville.

Ils s'en allaient le week-end, quand la légation était fermée, explorer la campagne magnifique, luxuriante et ensoleillée que Cañuela se mit à aimer avec autant de passion que son père.

Cañuela l'entendit une fois qui disait à sa mère :
— Je suis sûr que nous nous trouvons ici dans les authentiques jardins du Paradis, et si donc je suis

---

(1) West End : quartier chic de Londres (partie ouest de la ville). (N.d.T.)

19

Adam, je ne pourrais désirer une Eve plus séduisante que toi, mon amour.

Mrs Arlington se mit à rire, tandis que ses yeux trahissaient toute son adoration pour lui.

Ils connaissaient ensemble un bonheur parfait et c'était une chance, car Mrs Arlington, fille de lord Merwin, avait déchaîné la fureur de sa famille en s'enfuyant avec lui, alors qu'il n'était qu'un jeune inconnu sans fortune du corps diplomatique.

Son acte avait paru d'autant plus grave qu'à l'époque elle était fiancée à un gentilhomme très important, choisi pour elle par son père.

– Ma famille ne me pardonnera jamais, disait Mrs Arlington à sa fille, non seulement d'avoir épousé l'homme que j'aimais, mais encore d'avoir été la cause d'un scandale! (Aux yeux de son père c'était une faute impardonnable que d'avoir son nom dans les journaux, en dehors de ces deux circonstances inévitables que sont la naissance et la mort!)

Cañuela se rappela plus tard ces paroles quand elle se rendit compte qu'elle ne pouvait acheter pour sa mère tout ce qui était nécessaire à sa santé.

Elle avait envisagé l'éventualité d'une visite à son grand-père, s'il était toutefois encore vivant, pour lui demander de les aider. Et puis, elle avait réalisé que non seulement sa mère le lui interdirait, mais que de plus il répondrait négativement à sa demande.

S'il en avait voulu à sa fille pour les quelques paragraphes consacrés dans les journaux à la rupture de ses fiançailles, que devait-il penser des gros titres, des éditoriaux et des interrogations incessantes concernant la trahison supposée de son gendre et sa mort tragique?

Non, il faut que je m'occupe de maman toute seule! se dit-elle. Et comme elle se trouvait maintenant devant le bureau de placement Brewstead, elle gravit les marches étroites qui menaient au premier étage.

Mr Brewstead était un homme d'un certain âge, avec un visage en lame de couteau et des yeux perçants qui scrutaient chaque demandeur d'emploi comme s'il était évident qu'il ne racontait que des mensonges.

Il examinait tous ceux qui venaient lui demander du travail d'un air dédaigneux qui les forçait à adopter une attitude humble et obséquieuse, dès qu'ils pénétraient dans son bureau.

Les quelques prétentions qu'ils pouvaient avoir sur leur propre valeur ne tardaient pas à s'effondrer, tandis qu'avec sa longue expérience il les interrogeait habilement, réussissant à leur arracher des renseignements qu'ils étaient bien résolus à ne pas donner.

Quant aux éventuels employeurs, il savait si bien s'attirer leurs bonnes grâces qu'ils déclaraient toujours avec satisfaction :

– Brewstead est un homme si obligeant!

Cañuela attendit son tour derrière un homme aux cheveux gris qui cherchait un emploi de caissier et qui fut réduit à se reconnaître gâteux et hors d'état de travailler depuis longtemps.

– Je vais voir ce que je peux faire, déclara Mr Brewstead d'un ton peu flatteur, mais il est peu probable que je puisse vous trouver une situation équivalente à celles que vous avez occupées dans le passé. Vous pouvez repasser demain.

Ainsi congédié, l'homme se retira, l'air quelque peu désespéré, et Mr Brewstead porta son attention sur Cañuela.

Ses yeux perçants se posèrent sur la robe noire et il vit tout de suite que, quoique bien coupée, elle n'était pas d'une étoffe de la meilleure qualité. Il remarqua le petit chapeau modeste et son regard s'attarda un instant sur les lunettes.

– Eh bien? fit-il brusquement.
– Je cherche une place de secrétaire, dit Cañuela.
– Qu'est-ce que vous avez aux yeux?

— Rien, mais je préfère porter des lunettes.

Mr Brewstead sembla vouloir dire quelque chose mais, ne trouvant rien, il ouvrit son registre.

— Nom?
— Gray.
— Age?
— Vingt-quatre ans.

Mr Brewstead lui lança un regard dénué d'indulgence, mais il ne fit aucun commentaire.

— Adresse?

Cañuela l'épela lentement, tandis qu'il notait.

— Qualifications?

D'après le ton sur lequel il avait posé cette question, Mr Brewstead semblait persuadé qu'elle n'en avait aucune.

— Je parle espagnol, portugais, italien, répondit Cañuela, et un peu de français.

Elle fut satisfaite de voir l'étonnement qui se peignait sur le visage de Mr Brewstead, tandis qu'il l'écoutait sans rien dire.

— Savez-vous taper à la machine?
— Oui, et j'utilise une sorte de sténographie personnelle qui me permet de prendre des notes suffisamment rapides, sous dictée.

Tout en parlant, elle se disait qu'elle avait de la chance d'avoir toujours officieusement servi de secrétaire à son père lorsqu'il était à la maison.

— Nous n'avons pas besoin de la présence du personnel de l'ambassade ici à n'importe quelle heure, avait-il coutume de dire. Cañuela peut très bien faire ce travail. Chez moi, je préfère rester en famille.

Parfois, quand il avait certains comptes rendus à remettre, il disait à la légation qu'il resterait chez lui pendant deux ou trois jours, et ils faisaient ensemble l'école buissonnière, s'évadant loin de la ville, dans une de leurs explorations à cheval. Après quoi, le soir, Cañuela faisait ses comptes rendus et passait la moitié de la nuit à les taper. Cela l'avait toujours beaucoup amusée, et elle gardait un souvenir merveilleux de ces moments-là.

A présent, elle était contente de se retrouver avec des qualifications que Mr Brewstead lui-même semblait trouver impressionnantes.

— Montrez-moi vos références, dit-il du ton de quelqu'un qui aime découvrir les moindres failles.

— Je crains que, ayant toujours travaillé à l'étranger, cela ne prenne beaucoup de temps d'écrire à mes prédécents employeurs pour leur demander ce qu'ils pensent de moi.

Mr Brewstead posa son porte-plume.

— Vous avez sûrement suffisamment de bon sens pour avoir demandé des références écrites avant de quitter votre dernier emploi? s'écria-t-il.

— En vérité, je ne pensais plus que c'était nécessaire, répliqua Cañuela d'un air hautain. Je ne croyais pas être obligée de travailler une fois arrivée en Angleterre; c'est pourquoi, à l'époque, des références ne m'ont guère semblé utiles. (Elle demeura un moment silencieuse, puis ajouta :) Je pourrai toutefois en fournir s'il le faut mais, bien sûr, pas immédiatement.

La jeune fille trouvait cette explication plausible et Mr Brewstead se replongea dans son questionnaire.

Au même moment, quelqu'un entra dans le bureau de placement. C'était un homme d'âge moyen, habillé avec goût, mais discrétion.

Il s'avança vers le bureau de Mr Brewstead, l'air sûr de lui, et Cañuela s'écarta pour le laisser passer.

— Bonjour, Mr Hayward! s'écria Mr Brewstead chaleureusement. Nous ne pensions pas vous revoir de sitôt!

— J'ai le regret de vous dire, répondit Mr Hayward, que le jeune homme que vous nous avez envoyé ne valait rien — rien du tout. Son espagnol est lent et laborieux, quant à son portugais, inexistant!

— Oh, oh, je suis vraiment désolé, s'excusa Mr Brewstead. Ses références étaient excellentes!

L'homme eut un petit sourire.

— Les Anglais considèrent comme acceptable un niveau d'espagnol qui ne correspond en rien aux exigences de mon patron.

— Je ne peux que vous présenter mes excuses, dit Mr Brewstead, et j'espère pouvoir vous trouver quelqu'un d'autre, mais pour parler franchement, Mr Hayward, nous n'avons dans nos dossiers aucun jeune homme qui sache parler une autre langue que l'anglais.

— Je sais que c'est difficile, fit Mr Hayward en soupirant. Vous avez fait de votre mieux, mais malheureusement cela ne résout pas mon problème.

Sur ces mots, il fit demi-tour en direction de la sortie, et Cañuela, qui était demeurée sur le côté, attentive à chacune de ses paroles, s'avança d'un pas.

— Je parle espagnol et portugais.

Mr Hayward se retourna pour la regarder.

— Vraiment! s'écria Mr Brewstead. Mais ce monsieur n'a pas l'intention d'engager une femme.

— N'y sera-t-il pas obligé, s'il ne trouve pas d'homme pour ce poste? questionna Cañuela.

Mr Hayward la dévisageait toujours.

— Connaissez-vous vraiment bien l'espagnol?

— Je le parle aussi bien que l'anglais.

— Et le portugais?

— J'ai vécu cinq ans au Portugal.

Après un instant d'hésitation, Mr Hayward se tourna vers Mr Brewstead.

— Cette suggestion risque d'être vaine, mais, après tout, Mr de Lopez consentira peut-être à examiner la candidature de cette jeune femme.

— En ce cas, pourquoi ne pas l'emmener avec vous? proposa Mr Brewstead. Vous saurez tout de suite si la réponse est « non ».

— C'est juste; voulez-vous m'accompagner, miss...?
— Gray, répondit Cañuela.
— Un cabriolet m'attend dehors; si vous ne faites pas l'affaire, je peux vous ramener d'ici une demi-heure.
— Je vous remercie.
— J'espère simplement, interrompit Mr Brewstead d'un ton rude, que vous nous avez dit la vérité, et que vous connaissez ces langues aussi bien que vous le prétendez. Mr de Lopez est très exigeant.
— Vraiment très exigeant! confirma Mr Hayward en soupirant. Ne nous faites pas encore perdre du temps, car Mr de Lopez était extrêmement ennuyé de constater que le jeune homme que vous nous aviez adressé était si ignorant. La matinée a été difficile, je peux vous l'assurer!
— Je suis désolé. Réellement désolé! répéta Mr Brewstead. Espérons que miss Gray se révélera capable d'occuper cette place.

Cañuela sentit, à la manière dont il avait prononcé ces paroles, que cela lui semblait peu probable.

Sans ajouter un mot, Mr Hayward sortit, descendit les marches, et Cañuela le suivit.

Elle se demandait qui ce Mr de Lopez pouvait bien être. C'était un nom des plus courants en Espagne comme en Argentine. Dans ces deux pays, on rencontrait des mendiants aussi bien que des aristocrates qui s'appelaient Lopez. Quel qu'il fût, ce Lopez paraissait faire une forte impression tant sur Mr Hayward que sur Mr Brewstead.

Un cabriolet attendait devant l'immeuble.

Un valet ouvrit la portière et Mr Hayward, qui sembla enfin se rappeler les bonnes manières, laissa Cañuela monter en premier. Il s'assit à ses côtés sur le siège arrière, tout en tortillant nerveusement le chapeau qu'il tenait à la main.

— Vous êtes bien sûre de parler couramment espagnol, mademoiselle? demanda-t-il comme le véhicule s'ébranlait.

– Je vous assure que je suis bilingue, dit Cañuela d'un ton rassurant.

– Mon patron est difficile, très difficile! Il veut la perfection. Il exige que tout le monde ait l'esprit aussi vif que lui et il ne peut tolérer – absolument pas tolérer – les gens qui commettent des erreurs.

Cañuela se dit que cet homme semblait être un horrible individu, mais elle demanda aimablement :

– Votre employeur est-il espagnol?
– Non, pas du tout. C'est un Argentin.
Cañuela se raidit.
– Il s'agit du señor Ramón Mendoza de Lopez! ajouta Mr Hayward.

Cette fois, elle eut le souffle coupé. Elle savait maintenant à qui ils avaient fait allusion. Ramón Mendoza de Lopez était l'un des hommes les plus célèbres et les plus admirés de toute l'Argentine.

C'était un personnage représentatif de l'élite puissante qui était née de la rapide expansion économique.

Elle ne l'avait jamais vu, mais se rappelait vaguement qu'on le disait bel homme, et il était célèbre pour ses prouesses galantes et sa passion du jeu. Lorsqu'il était tout jeune, il avait dilapidé une fortune, et en avait gagné une nouvelle.

C'était un aristocrate, car ses ancêtres directs étaient des Espagnols, venus en Amérique du Sud au temps des *Conquistadores*. Sa mère devait être anglaise; à moins que ce ne fût sa grand-mère.

Cañuela avait été amenée à s'intéresser à ce personnage, car son père en parlait très souvent. Elle se rappelait qu'il avait participé à la fondation du *Jockey Club*, et son père disait que c'était un homme immensément riche, l'un des grands propriétaires terriens les plus capables, car il savait analyser les possibilités financières et politiques de son pays.

— Un jour, Ramón de Lopez sera président d'Argentine, avait une fois déclaré Lionel Arlington.

— Pourquoi penses-tu qu'il pourrait le devenir? avait demandé Cañuela.

— Le peuple veut pour le gouverner quelqu'un qu'il puisse adorer, avait répondu son père en souriant; et Ramón de Lopez correspond tout à fait à l'idéal romantique des Argentins.

Il avait dit ces mots sur un ton un peu cynique, et cependant Cañuela sentit qu'il admirait, peut-être même enviait, ce jeune homme orgueilleux qui, en plus de sa fortune, avait tout pour lui.

Néanmoins, elle en était sûre, Ramón de Lopez était de ceux qui s'étaient acharnés contre son père lorsque le plan du port avait disparu.

Ils avaient été nombreux à le dénigrer, à donner des interviews aux journaux et à insister auprès de la légation britannique pour que Lionel Arlington soit renvoyé dans son pays.

Elle était pratiquement certaine que Ramón de Lopez faisait partie de ceux-là, mais s'il lui restait le moindre doute, sa mère, elle, saurait ce qu'il en est.

Une vague de haine l'envahit en pensant au mal que les Argentins, même ceux qui se prétendaient ses amis, avaient fait à son père, et elle eut envie de faire arrêter la voiture pour s'enfuir.

Puis elle se dit que c'était peut-être le destin qui voulait que cet homme entre dans sa vie à ce moment précis. Peut-être aurait-elle l'occasion de venger son père; d'anéantir un Argentin, comme il avait été anéanti par eux.

« Je les hais! Je les hais! » Elle avait envie de hurler ces mots et sentit combien elle était crispée quand le cabriolet s'arrêta devant une bâtisse imposante, dans une rue qui donnait sur St. Jame's Park.

— Cette demeure appartient au gouvernement argentin, expliqua Mr Hayward, et c'est ici que séjourne le señor de Lopez lorsqu'il est à Londres. Il a ses appartements privés au premier étage. Les bureaux se trouvent au rez-de-chaussée et aux étages supérieurs.

Une fois à l'intérieur, il lui montra le chemin et ils croisèrent un grand nombre de valets en livrée.

Il l'introduisit dans un superbe salon d'attente qui donnait sur la rue.

— Si vous voulez bien attendre un moment, miss Gray, je vais voir si le señor de Lopez est ici et s'il accepte de vous recevoir. (Il se tut un instant avant d'ajouter :) Vous devez comprendre qu'il peut fort bien ne pas même envisager l'idée d'engager une femme.

— Je réalise combien je suis privilégiée d'être arrivée jusqu'ici, en dépit du peu de chance que j'ai eu à la naissance! répliqua ironiquement Cañuela.

Mr Hayward lui jeta un regard consterné avant de s'éloigner.

Cañuela se mit à rire. Puis elle se rendit compte que ce genre de remarque risquait de lui valoir un renvoi rapide au bureau de placement.

« Je dois me montrer un peu moins fière », se dit-elle, tandis qu'elle se révoltait intérieurement contre cette idée.

« Il faut que tu sois fière, lui avait un jour dit son père, fière de toi pour pouvoir toujours garder la tête haute et regarder n'importe qui en face! Il n'y a que les lâches et les lèche-bottes pour ramper devant les gens en attendant de se faire battre. »

« Père s'est fait battre au moment où il s'y attendait le moins », pensa Cañuela amèrement.

Elle aurait voulu savoir si Ramón de Lopez était vraiment l'un de ceux qui s'étaient acharnés contre lui quand il s'était trouvé en difficulté.

« Si seulement je pouvais leur faire le mal qu'ils

ont fait à papa! » se dit-elle, pleine de rancune.

Elle revoyait combien son père, si fier et si sensible, avait été attristé quand, en quittant Buenos Aires, seules deux ou trois personnes étaient venues assister à leur départ.

Comme c'était différent des précédents départs, quand, partant en vacances, leur cabine était encombrée de présents, de fleurs, de fruits, de chocolats, de livres. Des dizaines d'amis venaient toujours leur souhaiter bon voyage, en répétant : Revenez vite... nous ne pouvons pas nous passer de vous.

Quel changement quand ils avaient dû partir comme des voleurs, l'ombre des viles accusations suspendue au-dessus de leurs têtes, avec sa mère qui pleurait, et son père l'air livide et désespéré.

« Comme je les hais! Je hais les Argentins! Jamais je ne retournerai là-bas! » se jura Cañuela.

La porte s'ouvrit et Mr Hayward apparut.

– Señor de Lopez vous attend, miss Gray.

Cañuela se leva.

Pendant un instant elle sentit qu'elle n'avait plus envie de rencontrer le señor de Lopez. Un vague pressentiment semblait lui interdire de gravir l'escalier. Quelque chose lui disait de s'enfuir.

Puis, elle réalisa que ce serait absurde. Elle se trouvait là parce qu'elle cherchait du travail, et qui était plus susceptible de lui en donner qu'un Argentin ayant besoin d'une secrétaire sachant parler couramment espagnol et portugais?

De plus, tout en gravissant les marches derrière Mr Hayward, elle se disait que ce travail, quel qu'il fût, avait peu de chances de durer longtemps. Le séjour en Angleterre de Ramón de Lopez serait certainement bref. Mais en faisant bien son travail, elle pourrait peut-être gagner suffisamment d'argent pour vivre encore un mois après son départ.

De toute manière, elle était décidée à tout faire afin

de pouvoir offrir à sa mère tous les petits luxes prescrits par le docteur. Mr Hayward s'immobilisa devant une porte du premier étage et tourna lentement la poignée.

– Miss Gray, señor, annonça-t-il sur un ton respectueux.

Cañuela s'avança. Elle se trouvait dans une vaste salle de séjour, somptueusement décorée, avec des canapés et fauteuils devant une cheminée en marbre. De hautes fenêtres donnaient sur St. Jame's Park. Un énorme lustre en cristal était suspendu au plafond.

C'était une pièce d'un style particulièrement imposant, de même que l'homme qu'elle vit se dresser derrière un bureau extra-plat qui se trouvait à l'autre bout de la pièce.

Cañuela savait, d'après ce que lui avait dit son père, que Ramón de Lopez devait être bel homme, mais elle ne l'imaginait pas à la fois si grand, si imposant et si élégant.

Il avait un visage mince aux traits nettement dessinés, un menton carré, des yeux enfoncés sous des sourcils bien droits. Ses cheveux coiffés en arrière dégageaient son bel ovale.

Il émanait de Ramón de Lopez une impression de puissance, que l'on ressentait au premier regard. C'était un aristocrate, un homme né pour diriger, qui donnait des ordres, s'attendait à être obéi et s'étonnait quand il ne l'était pas!

Cependant, le dessin de sa bouche semblait révéler une nature impitoyable, et Cañuela se sentit soudain intimidée devant son regard insistant.

Il la dévisageait comme s'il cherchait à découvrir quelque chose, comme s'il ne se contentait pas de regarder l'aspect extérieur des individus, mais tentait de pénétrer jusqu'au plus profond d'eux-mêmes.

Cañuela se rassura en se disant qu'elle devait faire preuve d'un peu trop d'imagination. Elle attribuait à

Ramón de Lopez le prestige qu'il avait en Argentine, mais rien d'autre n'importait que le travail qu'elle pourrait avoir à effectuer pour lui.
– Veuillez vous asseoir, miss Gray.
Ramón de Lopez lui désigna d'un geste un siège devant son bureau. Cañuela s'assit sur le bord de la chaise. Sans savoir pourquoi, elle se sentait un peu nerveuse. Il lui semblait qu'il y avait chez cet homme une sorte de pouvoir irrésistible, et elle avait l'impression qu'il était capable de deviner que, sous son déguisement, elle tentait de dissimuler sa véritable identité.
– J'ai cru comprendre, d'après ce que m'a dit Mr Hayward, que vous savez parfaitement parler espagnol. Est-ce vrai?
– C'est exact, répondit Cañuela.
Sans modifier le ton de sa voix, il se mit à lui parler en espagnol, extrêmement rapidement, de son travail en Angleterre concernant l'importation de viande d'Argentine.
Il fit allusion aux négociations et discussions qui avaient lieu et qui, il l'espérait, conduiraient à des contrats avantageux. Il termina son discours par une question.
Cañuela lui répondit aussitôt en espagnol. Comprenant que c'était ce qu'il attendait d'elle, elle parla assez longuement.
Quand elle se tut, il y avait, à peine perceptible, une lueur de surprise dans le regard de Ramón de Lopez. Puis, sans attendre, il reprit la conversation, mais, cette fois, en portugais.
De nouveau, Cañuela lui répondit immédiatement. Elle savait que, d'un point de vue linguistique, son portugais était encore plus pur que son espagnol et elle se demandait si Mr de Lopez le remarquerait.
Il n'y manqua pas!
– Vous parlez parfaitement bien espagnol, miss

Gray, dit-il en anglais, et je suis surpris que vous prononciez avec l'accent argentin un certain nombre des termes que j'ai utilisés et que vous avez repris pour me répondre.

Cañuela demeura silencieuse. Elle regrettait de ne pas s'en être tenue à l'espagnol de Castille, plus académique, qu'elle parlait à Madrid.

– Comment se fait-il que vous parliez si bien? demanda Ramón de Lopez.

– J'ai étudié ces deux langues.

Elle avait dit ces mots sur un ton froid et réservé, laissant supposer qu'elle ne souhaitait pas répondre à ses questions.

– Savez-vous taper à la machine?
– Oui.
– Connaissez-vous la sténographie?
– Je suis capable de prendre des notes à une vitesse normale.
– Considérez-vous comme normale la vitesse à laquelle je vous ai parlé?
– Plus ou moins. Il est possible que j'aie un peu de mal à comprendre les termes techniques au début, mais je m'y habituerai vite.

Ramón de Lopez jouait avec un coupe-papier en ivoire qui se trouvait près de lui sur son bureau.

– Je pense que vous savez, miss Gray, que j'avais l'intention d'engager un homme.

Cañuela hocha la tête affirmativement.

– Mais, d'après Mr Hayward, il n'y a personne de disponible actuellement, et comme ce travail est urgent, avec des câbles à décoder chaque matin, il me faut quelqu'un dès maintenant.

Il s'interrompit, comme s'il attendait une réponse de la part de Cañuela, et, comme elle se taisait, il reprit :

– A partir de quand pouvez-vous venir travailler?
– Dès demain.

Ramón de Lopez se leva.
– Alors, très bien, miss Gray. Je préfère que vous débutiez sur une base hebdomadaire, car je ne sais pas encore de façon certaine combien de temps je vais rester à Londres. Mais, pour être franc avec vous, sachez que si, entre-temps, je trouve un homme, je prendrai la liberté de me dispenser de vos services.
– Je vous comprends parfaitement. Une femme doit toujours avoir la seconde place, répliqua Cañuela.
Elle regretta ces paroles sitôt prononcées.
Ramón de Lopez lui jeta un regard sévère, et elle réalisa que, pour lui, ses secrétaires ne devaient pas être autre chose que de parfaites machines.
– Fort bien, miss Gray. Vous commencerez à 9 heures demain matin.
– J'aurais encore quelque chose à vous demander, señor de Lopez, dit Cañuela. J'aimerais savoir quel salaire vous m'offrez pour ce poste.
– Bien entendu, fit Ramón en pinçant légèrement les lèvres. C'est évidemment une question de la plus haute importance. Quelles sont vos prétentions?
Cañuela se trouva prise de court et pendant un instant demeura sans réponse.
– Je crains de n'avoir pas la moindre idée des salaires pratiqués en Angleterre, dit-elle. Jusqu'à maintenant, j'ai toujours travaillé à l'étranger.
– Comme je n'en ai moi-même aucune idée, il va falloir le demander.
Il agita la sonnette qui se trouvait sur son bureau. La porte s'ouvrit et Mr Hayward entra si rapidement que Cañuela se dit qu'il avait certainement écouté derrière la porte.
– Hayward, questionna Mr de Lopez, quel est le salaire que je devais donner à ce jeune homme qui ne valait pas un sou?
Cañuela eut le souffle coupé en entendant la somme que citait Mr Hayward.

C'était plus – bien plus que ce qu'elle avait imaginé pour une place de secrétaire!

— Parfait, dit Ramón de Lopez. J'espère, miss Gray, que cela vous convient?

— J'accepte vos conditions, pourvu que, si je commence à 9 heures du matin, je puisse partir le soir à 5 heures.

Ramón de Lopez haussa les sourcils.

— Il se peut que je vous demande parfois de rester plus longtemps. Les télégrammes ont souvent la fâcheuse habitude d'arriver en fin d'après-midi.

Il y eut un moment de silence. Puis il reprit avec, sembla-t-il à Cañuela, un ton légèrement amusé :

— Cela signifie sans doute, miss Gray, que, si je vous garde plus tard, vous voulez être payée en heures supplémentaires? Je suis sûr que Mr Hayward veillera à ce que vous soyez justement et correctement rémunérée.

— Je vous en remercie, dit Cañuela.

Elle s'inclina légèrement, tout en réalisant, avec une certaine consternation, qu'elle aurait dû le faire également en entrant. S'efforçant de paraître calme, elle fit demi-tour et se dirigea vers la porte. Elle ne voulait surtout pas que Ramón de Lopez pût deviner combien son cœur battait la chamade.

2

— Voici votre compte rendu, señor.

Ramón de Lopez, qui était en train d'écrire, leva les yeux de son bureau et Cañuela crut lire une expression de surprise dans son regard.

— Celui que je vous ai donné hier?

— Oui, señor.

Il le prit de telle manière qu'elle comprit que, pour lui, il était évident qu'elle l'avait fait trop vite pour ne pas avoir commis des tas d'erreurs.

C'est ce que ses paroles confirmèrent.

— Veuillez vous asseoir, miss Gray. Il se pourrait qu'il y ait quelques modifications à apporter, et j'aime autant vous les expliquer en même temps que je lis.

Cañuela prit place sur la chaise qu'elle avait occupée trois jours auparavant, au cours de son premier entretien avec le señor de Lopez.

Il se renversa sur sa chaise et ouvrit le dossier qu'elle venait de taper, tandis que Cañuela avait l'impression de le haïr un peu plus chaque fois qu'elle se trouvait en sa présence.

Elle ne s'était en effet pas trompée : il était bien de ceux qui avaient abandonné son père au moment où il avait tout particulièrement besoin d'un ami.

— Señor de Lopez? avait répété sa mère à voix lente, quand Cañuela était rentrée lui annoncer qu'elle avait trouvé un emploi.

Et puis elle s'était récriée :

— Non! Pas Ramón de Lopez!

— Raconte-moi tout ce que tu sais sur lui, maman.

— Ton père l'aimait tant! Il admirait sa personnalité et ses tentatives pour imposer des réformes dans son pays.

Mrs Arlington s'interrompit et Cañuela ajouta :

— Quand papa fut accusé de trahison, il fut parmi ceux qui se liguèrent contre lui!

— Pas exactement, mais il n'est jamais venu voir ton père, même quand ce dernier lui a écrit.

— Papa lui a écrit?

— Oui, répondit Mrs Arlington. Il était si désespéré, si déprimé, si consterné par les mensonges répandus à son sujet, qu'il décida d'écrire au señor de Lopez pour lui demander conseil. (Sa voix devint plus dure, tandis qu'elle poursuivait :) Cet homme, que ton père avait considéré comme un grand ami durant de si nombreuses années, ne daigna même pas répondre.

— On a peine à le croire! s'écria Cañuela. La lettre fut-elle portée par un messager?

Elle savait que la poste à Buenos Aires était souvent fantaisiste.

— Ton père la fit porter par l'un de nos serviteurs les plus dignes de confiance, répondit Mrs Arlington. Si le señor ne s'était pas trouvé dans sa demeure de la plaza San Martin, l'un de ses nombreux employés l'aurait immédiatement portée jusqu'à son *estancia* (1), à moins de deux heures à cheval de la ville.

— Je m'en souviens! Bien sûr que je m'en souviens maintenant! s'écria Cañuela. Je n'y suis jamais allée, mais papa me l'a montrée du doigt un jour que nous chevauchions dans cette direction. Il disait que c'était l'une des plus magnifiques et des plus modernes *estancias* de tout le pays.

— Le señor est un homme très riche et très influent, fit observer Mrs Arlington en insistant sur le dernier adjectif.

— Je le déteste pour le mal qu'il a fait à papa, dit Cañuela, mais je vais travailler pour lui, car il m'offre un salaire intéressant, et j'espère pouvoir d'une manière ou d'une autre venger papa.

— Non! ne parle pas ainsi, supplia Mrs Arlington. Cela ne te ressemble guère, Cañuela. Tu sais aussi bien que moi que la haine est dangereuse, non seulement pour la personne contre qui elle est dirigée, mais également pour soi-même.

Un mince sourire se dessina sur les lèvres de Cañuela.

— C'est ce que tu m'as appris quand j'étais toute petite, maman, et c'est pourquoi je me suis efforcée

---

(1) *Estancia* : ferme, en Argentine et au Chili (N.d.T.)

toute ma vie de ne jamais haïr personne. Mais tu ne peux espérer que je ressente autre chose que de la haine à l'égard de ceux qui furent responsables de la mort de papa.

Ces paroles créèrent un grand silence dans la pièce. C'était la première fois que l'une d'elles osait dire tout haut la pensée qui ne quittait pas leur esprit, à savoir que la mort de Lionel Arlington n'avait pas été un accident.

– Tu pourrais sûrement travailler pour quelqu'un d'autre? fit Mrs Arlington au bout d'un moment.

– Je doute fort de pouvoir trouver quelqu'un qui me paie autant, répliqua Cañuela, et, de toute manière, ce ne sera pas pour longtemps, maman.

Elle se disait que peut-être Ramón de Lopez la renverrait, comme il l'en avait menacée, à la fin de la semaine, s'il n'était pas satisfait, ou s'il trouvait un homme pour la remplacer.

Pendant ce temps, sa mère pourrait avoir le lait, la crème, les œufs, le raisin et les petits poulets tendres que le docteur lui avait conseillés pour son alimentation.

« Et tout en prenant son argent, pensait Cañuela, je peux toujours le haïr et espérer d'une manière ou d'une autre lui faire du mal. »

Le salaire avantageux offert par le señor de Lopez apportait une certaine compensation à sa fierté.

Après l'avoir quitté, Cañuela avait pris un omnibus en direction de Bloomsbury, puis un autre qui l'avait amenée près des magasins où elle faisait ses achats quotidiens.

Pendant son trajet de retour, elle avait éprouvé une certaine inquiétude à l'idée de laisser sa mère seule si longtemps. En vérité, Mrs Arlington était capable de se déplacer toute seule dans sa chambre, mais Cañuela pensait que la solitude risquait encore d'aggraver son état.

Au début, elle pleurait amèrement chaque fois qu'elle repensait à son mari. Mais cela était plus compréhensible, et d'une certaine manière plus naturel que le total manque d'énergie dont elle faisait preuve maintenant.

Il semblait qu'elle se réveillait un peu plus découragée chaque matin et que c'était pour elle un effort énorme que de s'intéresser à quoi que ce soit.

Cañuela bavardait, s'efforçant d'amener un sourire sur ses lèvres, mais la plupart de leurs conversations se tournaient inévitablement vers le passé.

Parfois, elle pensait avec désespoir que toute lueur avait quitté les yeux de sa mère et qu'il n'y avait rien qu'elle pût faire ou dire pour la rallumer.

Elle descendit de l'omnibus au milieu de la foule et se fraya un chemin jusqu'à la petite épicerie dont le propriétaire, un vieil homme chauve sympathique, se montrait toujours courtois et plein d'égards envers ses clients.

– Bonjour, miss Gray, dit-il en voyant apparaître Cañuela. Que puis-je pour vous aujourd'hui et comment va votre pauvre maman ?

– Toujours pareil, je vous remercie. J'aurais besoin de tout un tas de choses, si vous voulez bien être assez aimable pour me laisser régler à la fin de la semaine.

– Mais, bien entendu, miss Gray.

Après avoir passé sa commande, plus importante que d'habitude, Cañuela engagea de nouveau la conversation :

– Je me demandais, Mr Robinson, si, par hasard, vous connaîtriez l'adresse de l'aimable dame qui se trouvait ici l'autre jour et qui, m'avez-vous dit, serait une institutrice à la retraite.

Mr Robinson était un bavard invétéré. Dès que quelqu'un venait de quitter sa boutique, il était toujours prêt à vous dresser une esquisse rapide de sa vie, de son caractère, de ses occupations.

– Vous voulez parler de miss Graham, dit-il. Une dame très charmante, mais je crains qu'elle ne soit actuellement dans une mauvaise passe.

– C'est ce que vous m'aviez dit, Mr Robinson. J'aimerais entrer en contact avec elle, si c'est possible.

– Vous connaissez peut-être un moyen de l'aider? questionna Mr Robinson avec une curiosité non déguisée.

– Quelque chose comme ça, répondit Cañuela sur un ton évasif. Où vit-elle?

– Juste au coin de la rue, précisément. Dans une pièce grande comme un mouchoir de poche, à ce que dit mon fils qui va livrer chez elle de temps en temps. Mais, comme vous devez le savoir, miss, il est difficile de faire des économies dans une telle situation.

– J'en suis sûre, approuva Cañuela. Et son adresse?

– 22, Museum Lane, répondit Mr Robinson. Et maintenant, miss, permettez-moi d'envoyer le petit Joe porter vos achats. Il sera chez vous d'ici une demi-heure.

– C'est très aimable à vous, à condition que ce ne soit pas plus long. Il faut que je prépare quelque chose de nourrissant pour ma mère.

– Il arrivera presque en même temps que vous, miss, promit Mr Robinson.

Cañuela quitta la boutique pour se rendre au 22, Museum Lane. Miss Graham était chez elle.

C'était une femme de plus de soixante ans. Cañuela attribua son teint pâle et sa maigreur à une alimentation insuffisante.

Elle sourit avec plaisir en voyant Cañuela.

– Puis-je m'entretenir avec vous un instant, miss Graham? s'enquit Cañuela.

– Bien sûr, miss Gray. Entrez, je vous prie. Je crains que ma chambre ne soit bien petite, mais c'est là mon « chez-moi ».

C'était une pièce méticuleusement propre et bien entretenue, mais, comme l'avait dit Mr Robinson, extrêmement exiguë.

Le lit, qui se trouvait dans un coin, était transformé dans la journée en canapé et agrémenté de quelques coussins aux broderies délicates.

L'un des murs était entièrement tapissé de livres et une armoire contenait à la fois les vêtements et les ustensiles nécessaires pour faire la cuisine sur le réchaud à gaz qui se trouvait dans la cheminée.

Il y avait juste assez de place pour deux tout petits fauteuils à côté d'une table qui, une fois repliée, pouvait être placée devant la fenêtre.

Cañuela s'installa dans un fauteuil, tandis que son hôtesse prenait l'autre.

– Je suis venue voir si vous pouviez m'aider, miss Graham.

– En quoi pourrais-je vous être utile? Je ferai de mon mieux si c'est en mon pouvoir.

Il y avait dans ses yeux une expression de crainte et de méfiance mêlées.

Cañuela se rendit compte avec un certain effroi que miss Graham pouvait penser qu'elle était venue lui emprunter de l'argent.

– Je viens de trouver du travail, s'empressa-t-elle d'ajouter. C'est une place excellente, bien qu'elle risque de durer peu de temps, et je suis inquiète pour ma mère.

En voyant le soulagement qui se peignait sur le visage de miss Graham, Cañuela comprit que ses craintes étaient fondées.

– Je ne voudrais pas laisser ma mère toute seule du matin de bonne heure jusque tard le soir, expliqua-t-elle, et je me demandais s'il vous serait possible de venir passer un moment avec elle, au moins quelques heures chaque jour.

— Mais bien sûr, miss Gray, répondit la vieille institutrice. Ce serait un plaisir pour moi!

— J'ai évidemment l'intention de vous dédommager, dit Cañuela.

— Ce sera pour moi un honneur et une joie de tenir compagnie à votre mère, déclara miss Graham fermement, et il n'est pas question que je sois payée pour cela.

— Sachez que je ne voudrais pas abuser de votre amabilité, fit Cañuela en souriant.

Comme elle sentait que miss Graham allait de nouveau refuser, elle s'empressa d'ajouter :

— Vous avez votre fierté, mais nous aussi. Et, de plus, j'aimerais pouvoir vous faire profiter de la chance que j'ai d'avoir trouvé un emploi aussi lucratif. Comme je l'ai dit, cela ne durera peut-être pas très longtemps.

— En ce cas, il faut que vous fassiez des économies pour votre maman sur l'argent que vous allez gagner maintenant, répliqua miss Graham.

— Voici ce que je vous propose, suggéra Cañuela : je couvrirai tous vos frais, y compris le trajet d'ici à chez nous.

Elle sourit.

— Cela revient aussi cher d'user ses chaussures que de prendre un omnibus, et je vous serais également très reconnaissante si vous pouviez faire quelques courses pour moi. Quand je serai retenue par mon employeur, les boutiques risquent d'être fermées, et je veux que ma mère puisse toujours manger à sa faim.

— C'est la moindre des choses, miss Gray.

— Si vous pouviez préparer son déjeuner et le partager avec elle — car, selon le docteur, il est très important qu'elle prenne ses repas à heures régu-

lières – alors, je vous serais plus que reconnaissante.
— Cela me gênerait de me faire nourrir par vous, protesta miss Graham.
— Mais je suis sûre que maman n'aimerait pas manger toute seule, répondit Cañuela.

Finalement miss Graham voulut bien accepter une somme qui semblait dérisoire pour tous les services qu'elle était prête à rendre. Néanmoins, Cañuela était sûre que cela lui rendrait également service.

Un repas gratuit chaque jour représenterait pour elle un avantage inestimable. D'autre part, Cañuela savait que les deux femmes partageraient ensemble d'innombrables tasses de thé ou de café.

Mrs Arlington, quant à elle, accepta cet arrangement sans protester. Il lui fallait faire un effort pour discuter de quoi que ce fût, surtout lorsqu'il s'agissait de projets la concernant personnellement. Mais elle s'inquiétait bien davantage pour Cañuela.

— Y a-t-il beaucoup d'hommes dans la maison où tu vas travailler?
— Un grand nombre, répondit Cañuela, si j'en juge par ceux que j'ai vus en montant et en descendant l'escalier. Mais ne t'inquiète donc pas pour moi, maman. Ils n'ont vu que mes lunettes et aucun ne s'est retourné sur moi.
— Cela ne m'étonne pas! s'écria Mrs Arlington. (Et pour la première fois elle sourit.) Retire-les, Cañuela, je déteste te voir ainsi. Ton papa n'a jamais pu supporter les femmes laides!

Le lendemain, quand on lui eut montré son bureau, qui était contigu à la vaste et luxueuse pièce dans laquelle travaillait le señor de Lopez, Cañuela découvrit tout ce qu'elle avait à faire.

Elle était stupéfaite devant le nombre de télégrammes codés qu'il envoyait et par la dépense que cela représentait.

Il n'était pas rare qu'un télégramme codé d'une

certaine longueur coûtât cent livres ou même plus, et Cañuela se rendait bien compte que son patron ne regardait absolument pas à la dépense.

Tels des oiseaux migrateurs, des câbles faisaient sans cesse la navette entre l'Angleterre et l'Argentine.

Cañuela comprit tout de suite que le señor de Lopez était engagé dans des négociations très compliquées, qui se rapportaient non pas à un seul mais à une demi-douzaine de produits.

L'Argentine ne portait pas ses efforts uniquement sur l'exportation de viande frigorifiée, qui augmentait chaque année; elle vendait également de la laine en grande quantité, et les céréales, le blé et le lin prenaient aussi un peu plus d'importance tous les ans.

C'est pourquoi les propriétaires terriens et les hommes qui contrôlent les structures commerciales s'enrichissent aussi considérablement, pensait Cañuela.

Buenos Aires devenait synonyme de fortune et de luxe.

Lorsqu'elles étaient encore en Argentine, sa mère et elle se moquaient des magnats qui louaient des trains privés pour transporter leurs biens de leur résidence d'hiver à leur résidence d'été.

Un *estanciero* était même allé jusqu'à emmener en Europe son propre troupeau de vaches laitières, afin d'être sûr que ses enfants pourraient boire du lait convenable.

D'autre part, le Jockey Club de la calle Florida n'était pas seulement un lieu de distraction réservé à l'élite, dont le señor de Lopez; c'était aussi un véritable musée, renfermant des livres et œuvres d'art, que lui avait souvent décrit son père.

Cañuela n'ignorait pas que la richesse, à Buenos Aires, était très inégalement distribuée.

Cependant, peu d'Argentins se trouvaient dans un dénuement aussi extrême que les malheureux qu'elle avait pu voir dans les bas quartiers de Londres. En

Argentine, la nourriture était bonne, abondante et bon marché.

Son père disait toujours que, si les hommes et les femmes de ce pays étaient généralement beaux, grands et en bonne santé, c'était parce que leurs ascendants immédiats n'avaient que peu souffert de la malnutrition, du froid et des malades qui étaient choses courantes dans les taudis en Angleterre.

Mais, bien sûr, c'était l'aristocratie, en Argentine, qui possédait tout; et, tandis qu'elle observait le señor de Lopez qui lisait le compte rendu qu'elle avait tapé, elle avait l'impression qu'il y avait, dans ses manières aisées, une certaine arrogance.

C'était là un des aspects de sa personnalité qui lui déplaisait, et ses yeux, dissimulés derrière ses lunettes teintées, brillaient de haine, pendant qu'elle le dévisageait de l'autre côté du bureau.

Il semblait si terriblement sûr de lui! Il faisait penser à un corsaire, décidé à prendre par la force ce qu'il ne pouvait acquérir autrement.

Ses vêtements, bien coupés, devaient provenir de Saville Row (1).

C'étaient des vêtements anglais qui lui allaient bien, sans ostentation. Néanmoins elle lui trouvait, ainsi vêtu, un air suffisant, même si l'on ne pouvait adresser la moindre critique à son allure générale.

Peut-être cette impression était-elle due à son physique presque trop parfait, surtout si l'on ajoutait à cela sa personnalité qui tranchait au milieu de n'importe quelle assemblée.

Il continuait à tourner les pages du rapport sans faire le moindre commentaire.

Elle éprouva un sentiment de satisfaction devant l'expression d'étonnement qui pouvait se lire sur son visage. Finalement, il reposa le dossier sur son bureau.

---

(1) Saville Row : petite rue chic de Londres, célèbre pour ses tailleurs. (N.d.T.)

— Ceci est excellent, miss Gray, dit-il. Je pensais que ce ne serait qu'un premier brouillon, mais ce compte rendu peut partir tout de suite, sans aucune modification.

Cañuela se leva.

Au lieu de lui rendre aussitôt le dossier comme elle s'y attendait, il l'interrogea :

— Où avez-vous pu apprendre à rédiger aussi bien un rapport si compliqué?

Cañuela demeura silencieuse.

— Je vous ai posé une question, miss Gray.

— Lors de mon dernier emploi, répliqua-t-elle.

— Et où était-ce donc?

— A l'étranger.

— Dans quel pays avez-vous travaillé en dernier?

— Au Portugal.

— Comment se fait-il que vous ayez pu acquérir au Portugal une telle expérience des termes commerciaux utilisés en Argentine?

De nouveau, Cañuela refusa de répondre.

— Cette fois encore, je vous ai posé une question, miss Gray.

— Si vous en avez terminé avec ce compte rendu, señor, fit Cañuela, je pourrais le porter maintenant pour qu'il parte par le prochain courrier.

Ramón de Lopez se renfonça dans sa chaise.

— En d'autres termes, vous n'avez pas l'intention de répondre à mes questions?

— Non!

— Vous pensez que je n'ai pas le droit de vous les poser?

— Ces questions n'ont rien à voir avec le travail que je fais ici.

— Je les trouve au contraire tout à fait pertinentes. (Il ajouta après un moment de silence :) Je me rends compte, miss Gray, que je me suis montré un peu trop négligent, lors de notre première entrevue. Un

employeur se doit de poser ce genre de questions avant d'embaucher quelqu'un. Je supposais que ces préliminaires avaient été effectués par Mr Hayward, mais il m'apprend que vous ne lui avez rien dit sur vous-même.
– Non!
– Et pourquoi?
– Il ne m'a rien demandé.
– Ne croyez-vous pas que je suis en droit de vous poser des questions maintenant?
– J'espérais, señor, que vous étiez satisfait.
– Vous savez bien que je le suis, miss Gray. Je peux affirmer en toute sincérité que je n'ai jamais rencontré quelqu'un capable de rédiger d'emblée un rapport avec une telle compétence et une telle rapidité.

Cañuela inclina légèrement la tête, comme si elle acceptait le compliment avec une certaine réserve.

Il y eut un nouveau silence; puis Ramón de Lopez reprit :
– Vous éveillez ma curiosité, miss Gray. On ne rencontre pas tous les jours – comment dirais-je? – une personne de votre éducation, obligée de travailler pour gagner sa vie.

Incapable d'imaginer une réponse suffisamment évasive, Cañuela demeura silencieuse.
– Vous vivez chez vos parents? questionna Ramón de Lopez.
– Je vis avec ma mère.
– Et elle accepte de vous voir partir travailler?
– Oui.

On aurait dit qu'on lui arrachait chaque mot de la bouche et Ramón de Lopez eut un petit rire.
– Vous mourez d'envie de me dire que cela ne me regarde pas. Je le vois bien, même si je ne peux pas lire dans vos yeux! Etes-vous obligée de porter ces lunettes? J'aurais pensé que c'était un handicap pour votre travail.

– Je suis obligée de les porter.

– Elles vous donnent l'air d'une chouette, dit-il; mais bien sûr une chouette très intelligente. Il y en a beaucoup en Argentine, et particulièrement des petites chouettes grises et blanches, qui, avec leur joli cri de colombe, hululent autour des maisons le soir.

Cañuela retenait son souffle. Elle connaissait bien ces petites chouettes. Combien de fois n'avait-elle pas écouté leur chant musical, lorsqu'elle se trouvait à la campagne avec ses parents?

Un instant, elle éprouva un sentiment presque insupportable de nostalgie en se rappelant les jours heureux où tout semblait baigné de soleil.

Elle revoyait les grands espaces de là-bas et, à cette seule évocation, il lui sembla respirer le parfum du thym sauvage, des fèves et de la luzerne en fleurs.

Cependant, Cañuela gardait toujours le silence et, au bout d'un moment, avec ce qu'elle pouvait interpréter comme un soupir d'exaspération, il lui tendit le compte rendu.

– Envoyez-le immédiatement, miss Gray, puis revenez avec votre bloc-notes. Je dois vous en dicter un autre, plus long, et encore plus complexe.

Cañuela voyait bien que son silence et sa réserve l'exaspéraient et elle eut l'impression, les jours suivants, qu'il faisait tout pour la mettre au défi.

Il dictait à une vitesse incroyable, et c'était uniquement grâce à sa compréhension du sujet qu'elle arrivait à tout prendre en notes dans la sténo qu'elle avait inventée.

Parfois, il se levait de son bureau et traversait la pièce pour continuer à dicter tout en regardant par la fenêtre les arbres verdoyants de St. Jame's Park en lui tournant le dos, si bien qu'elle avait du mal à entendre ce qu'il disait.

Comme elle se rendait compte que, d'une manière

détournée, il lui livrait bataille, elle acceptait d'entrer dans la lutte.

Elle ne voulait admettre aucune défaite, et s'il lui fallait pouvoir inventer ce qu'elle n'avait pas entendu, elle le faisait si intelligemment qu'il ne s'en apercevait pas en se relisant.

Plus d'une fois, il lui tendit des pièges pour l'amener à avouer où exactement et pour qui elle avait travaillé.

En s'appliquant à ne répondre à ses questions que par monosyllabes, ou à se taire lorsque la question était trop difficile, Cañuela sentait qu'elle remportait la lutte secrètement engagée entre eux.

Si elle n'avait été tant dévorée par la haine, elle aurait réalisé qu'elle n'aurait pu qu'admirer comment Ramón de Lopez arrivait à obtenir pour l'Argentine des tarifs préférentiels et des contrats intéressants.

Il ne négociait pas seulement pour ses propres produits, mais aussi pour une douzaine d'autres *estancieros* ou éleveurs de bétail qui tous possédaient des milliers d'hectares du gras pâturage qui faisait la richesse du pays.

Cette importance de l'élevage était d'autant plus remarquable que les premiers moutons n'avaient été introduits en Argentine qu'en 1550, suivis deux ans plus tard de sept vaches et un taureau, qui donnèrent naissance aux énormes troupeaux maintenant dispersés sur tout le *campo* (1).

Ce furent les colons espagnols qui découvrirent que la *pampa* (2) était un terrain idéal pour l'élevage du bétail. Il fallut cependant attendre plusieurs années avant que les propriétaires de troupeaux aient l'idée d'exporter autre chose que la peau qu'ils vendaient à l'Espagne et au Brésil.

(1) *Campo* : plaine, prairie, en espagnol. (N.d.T.)
(2) *Pampa* : vaste plaine d'Argentine, dont le climat et la végétation sont ceux de la steppe. (N.d.T.)

Cañuela se souvenait de ce que son père lui avait raconté : en 1882, un homme d'affaires argentin avait converti son navire marchand, un *saladero*, qui servait au commerce intérieur de viande séchée et salée, en un *frigorifico*.

Dès lors, il devenait possible de transporter la viande congelée en Europe et en Angleterre.

Lionel Arlington avait ri en racontant la suite de l'histoire.

— En Angleterre, pays aux goûts conservateurs, le mouton congelé n'est pas entré tout de suite dans les cuisines.

— Pourquoi cela ? avait demandé Cañuela.

— Un grossiste de Londres, un certain Tallerman, se heurta à une forte opposition de la part des bouchers de Manchester lorsqu'il tenta de l'introduire sur le marché.

— Et que firent-ils ?

— Ils acceptèrent de distribuer le mouton congelé à trois pence la livre, ce qui n'était bien sûr qu'une manière de dire non.

— Que se passa-t-il ensuite ?

— Tallerman décida de vaincre la résistance des bouchers en installant son propre étal dans le marché de Knot Hill.

Lionel Arlington avait poursuivi en souriant :

— Selon Tallerman, il n'eut tout d'abord aucun client. Mais il fut réconforté lorsqu'il vit qu'une ou deux femmes, qui lui avaient acheté une livre ou une demi-livre de viande, revenaient bien vite accompagnées de leurs amies.

— Et elles se passèrent le mot ?

— C'est cela ! L'année où Tallerman vainquit les bouchers de Manchester, plus de dix-sept mille bêtes congelées furent exportées d'Argentine en Grande-Bretagne. Six ans plus tard, leur nombre passait à neuf cent mille.

— Quel bénéfice pour l'Argentine! s'était écriée Cañuela.

Elle savait maintenant que ce chiffre augmentait toujours et d'une façon extraordinaire chaque année.

Et les contrats établis par Ramón de Lopez allaient faire de l'Argentine un pays encore plus riche.

Elle trouvait son travail passionnant. Elle avait en effet toujours été intéressée par les chiffres et les calculs; mais de plus, elle pouvait imaginer, tout en travaillant, les immenses troupeaux dispersés dans tout le pays sous les chauds rayons du soleil.

A leurs côtés les *gauchos* (1) chevauchaient fièrement, comme s'ils ne faisaient qu'un avec leur monture, tirant sur leur cigare et portant leurs éperons avec la même arrogance que celle qui caractérisait Ramón de Lopez.

Le soir, Cañuela avait la satisfaction de pouvoir répondre en toute sincérité aux questions de sa mère et lui assurer que personne n'avait pour elle d'égards importuns. Comme elle travaillait exclusivement pour le señor de Lopez, les autres employés de la maison la traitaient avec respect et gardaient leurs distances. Les nombreux gentilshommes, hommes d'affaires et autres personnages qui, chaque jour, rendaient visite à Ramón de Lopez, ne se retournaient jamais sur elle.

C'était un soulagement, chaque soir, de retirer ses larges lunettes noires, de détacher ses cheveux et de les laisser onduler librement, débarrassés des épingles qui les emprisonnaient en un petit chignon serré tous les matins.

Un soir, en se regardant dans la glace avant d'aller se coucher, elle ne put s'empêcher de se demander si Ramón de Lopez la trouverait séduisante ainsi, sans son déguisement.

Parmi les tâches qu'il lui avait confiées après un jour

---

(1) *Gauchos* : bergers qui gardent les troupeaux dans la *pampa*. *(N.d.T.)*

ou deux effectués à son service, il y avait la commande des fleurs qu'il envoyait en profusion à des femmes, et même l'achat des cadeaux qu'il leur destinait.

C'est ainsi qu'il demandait à Cañuela d'aller acheter pour lui plusieurs énormes flacons de parfum français, ou bien une douzaine de longs gants de chevreau, ou encore un sac à main en satin.

Elle commandait ces articles dans divers magasins de Bond Street où il avait un compte en permanence.

Pour l'une de ses amies, il pouvait acheter une ombrelle au manche incrusté de pierres précieuses, pour une autre une paire de jumelles de théâtre en écaille et or.

Apparemment, il avait confiance dans le jugement de Cañuela, car il la fit venir un après-midi pour lui montrer plusieurs bracelets de diamant, qui étaient posés devant lui sur son bureau, chacun dans un long écrin de velours.

– J'aurais besoin de votre conseil, miss Gray, dit-il. J'ai à choisir un cadeau un peu précieux et je ne voudrais pas commettre d'erreur. En tant que femme, lequel trouvez-vous le plus beau?

Cañuela examina les bracelets; chacun devait coûter une somme astronomique. A son avis, il y en avait quelques-uns de très bon goût, mais les autres lui semblaient trop voyants.

Elle les contempla encore un moment avant de déclarer :

– Cela dépend beaucoup de la personne à laquelle le bracelet est destiné.

Il lui jeta un regard pénétrant.

– Que voulez-vous dire par là?

– Rien d'autre que ce que j'ai dit, répliqua Cañuela d'un ton froid. Pour une actrice ou une personne désireuse d'attirer l'attention, il est évident que ceux qui se trouvent à votre droite conviendraient mieux. Pour une femme distinguée, ceux qui sont à votre gauche.

– Quel discernement, miss Gray! Avez-vous la curiosité de savoir lequel je vais choisir?

– Cela ne me regarde pas, señor, répondit Cañuela.

Sans plus attendre, et sans lui demander la permission de se retirer, elle quitta la pièce en refermant la porte derrière elle.

Elle se rendait compte que, d'une certaine manière, il essayait à tout prix de l'exaspérer, et elle le haïssait d'autant plus furieusement.

Néanmoins, elle ne pouvait s'empêcher de penser à lui, d'avoir toujours terriblement conscience de sa présence, même lorsqu'elle travaillait dans la pièce à côté.

« J'espère que ce travail ne durera pas longtemps », pensait-t-elle.

Cependant, quand arriva la fin de la semaine, elle se trouva comblée par l'énorme somme qu'elle avait gagnée.

Ramón de Lopez lui avait demandé de rester plus tard à trois reprises. Le paiement des heures supplémentaires gonflait son salaire de manière appréciable, mais elle songea un moment à le refuser.

Elle avait demandé de pouvoir quitter à 5 heures uniquement pour ne pas laisser sa mère seule plus longtemps.

Mais, puisqu'il supposait qu'elle posait ces conditions pour des questions financières, elle avait finalement décidé de prendre cet argent sans rien dire.

En quoi cela importait-il qu'il la jugeât âpre au gain? Elle avait bien mérité son salaire jusqu'au moindre sou, car elle était plus compétente pour cette place que toute autre personne qu'il eût pu trouver en Angleterre.

Qui d'autre n'aurait pas été obligé de se faire expliquer et certainement épeler certains termes, propres aux Argentins, qu'il utilisait dans ses lettres aux *estancieros* et au ministère du Commerce de Buenos Aires?

Qui d'autre aurait eu la même facilité à comprendre les expressions et mots nouveaux, qui n'étaient pas du pur espagnol, mais des termes empruntés aux *gauchos*, ainsi qu'aux divers immigrants qui avaient peuplé le pays après le départ des conquérants espagnols.

Polonais, Turcs, Français, Juifs russes, Allemands : tous avaient laissé leur empreinte dans la langue.

« Il a vraiment de la chance de m'avoir trouvée! » pensait Cañuela.

Elle se sentait tout de même un peu coupable en rentrant chez elle avec plus d'argent qu'elle n'aurait cru possible à une femme d'en gagner en si peu de temps.

Quant à Ramón de Lopez, il connaissait à Londres un énorme succès. Tous les jours, Cañuela avait à ouvrir pour lui des invitations de la part des hôtesses les plus distinguées, à les trier avant de les lui montrer en attendant ses instructions.

– Voulez-vous dîner avec le Premier ministre mercredi? demandait-elle.

– Je suppose qu'il faut bien que j'y aille.

– Et le lendemain, il y a une réception au ministère des Affaires étrangères.

– Je peux difficilement y échapper.

En dehors des invitations mondaines, il y avait un bon nombre de lettres beaucoup plus personnelles.

Cañuela en ouvrit une un jour par erreur; elle lut les premières phrases avant de réaliser, toute confuse, ce qu'elle contenait. Cette lettre n'était certainement pas faite pour être lue par elle!

Malheureusement, elle l'avait ouverte avec un coupe-papier, et il ne lui restait plus qu'à la remettre ainsi dans son enveloppe pour la poser sur le bureau de Ramón de Lopez.

Dès lors, elle fit très attention à n'ouvrir aucune des

lettres qui lui semblaient avoir été envoyées par des femmes.

Certaines étaient parfumées, et donc faciles à reconnaître, mais Cañuela apprit également à déceler les écritures féminines. Ces lettres, qu'elle mettait de côté, elle les posait sur son bureau, non décachetées, pour qu'il s'en occupe lui-même.

Parfois, un valet en livrée venait apporter un billet et il attendait dehors la réponse.

Ramón de Lopez s'en remit également à elle pour réserver ses tables pour dîner ou souper dans les restaurants, pour acheter ses places de théâtre et pour s'assurer qu'un fiacre attendait ses invités lorsqu'il n'avait pas le courage d'aller les chercher lui-même, ou qu'il était trop occupé.

Cañuela n'eut aucune peine à savoir qu'il portait un intérêt tout particulier à Sylvia Standish, une danseuse qui se produisait au *Gaiety Theatre*.

Chaque soir, elle avait ordre d'envoyer une voiture attendre la jeune femme devant l'entrée des artistes, à la fin du spectacle.

Sylvia Standish était la vedette d'une comédie, dont le titre, *Don Juan*, semblait à Cañuela particulièrement approprié. C'était une créature de rêve, qui séduisait par sa grâce, son charme piquant et ses gestes pleins de poésie.

D'autre part, le señor de Lopez était manifestement attiré par une actrice française qui avait pour nom Renée Lafleur.

Elle vint un jour lui rendre visite à son bureau. Elle avait un visage ravissant, une bouche pulpeuse, une voix pleine de séduction. Ses vêtements étaient choisis pour attirer le regard, ses diamants brillaient d'un éclat aveuglant.

Cañuela entendait Ramón de Lopez et Renée Lafleur qui riaient sans retenue dans la pièce voisine, et elle ne pouvait s'empêcher de se demander ce qui les amusait tant. Longtemps après son départ, on pouvait encore sentir le parfum exotique de l'actrice.

Une table était en permancence réservée pour Ramón de Lopez chez *Romano's*, sur le Strand (1). C'était un restaurant de nuit élégant, et son père racontait, pour taquiner sa mère, qu'il y avait un jour amené une célèbre actrice. La jeune femme avait commandé un repas si coûteux qu'il avait finalement eu le plus grand mal à régler l'addition!

Visiblement, Ramón de Lopez aimait aussi passer ses soirées dans d'autres restaurants ou cabarets qu'aucune femme respectable ne devait fréquenter.

Cañuela n'avait aucune peine à imaginer que la plupart des actrices londoniennes devaient le trouver terriblement séduisant.

Il était bien différent des aristocrates vieillissants qui les attendaient d'habitude devant l'entrée des artistes et donnaient de ces réceptions luxueuses au cours desquelles on buvait le champagne dans des souliers de satin.

Il arrivait à Cañuela de se demander si elle se serait amusée dans les bals londoniens auxquels elle aurait dû être invitée cette année, pendant le congé de son père.

Elle aurait été présentée à la Cour avec, dans les cheveux, les trois plumes blanches d'autruche, et, sur sa robe blanche, une longue traîne partant des épaules.

Elle aurait fait son entrée dans le monde en même temps que les autres jeunes filles du corps diplomatique, qui étaient toujours les premières à faire la révérence devant la reine, dans la salle de bal du palais de Buckingham.

Elle aurait rencontré dans les dîners mondains des jeunes filles de son âge, toutes discrètement chaperonnées par leurs parents.

Elle aurait pu danser avec les meilleurs partis qui,

---

(1) Strand : grande avenue animée, à Londres (N.d.T.)

chaque soir, emplissaient les salles de bal des grands hôtels particuliers de Park Lane, dont le prince et la princesse de Galles étaient les invités d'honneur les plus recherchés.

Malgré toutes ses résolutions, Cañuela ne pouvait s'empêcher de soupirer.

Comme tout aurait été différent si les Etats-Unis d'Amérique n'avaient eu l'intention d'acquérir une base navale en Argentine!

Et puis, elle décida fermement que ces rêves éveillés ne la mèneraient nulle part.

« Il faut que je prenne soin de maman. Il faut qu'elle guérisse. »

Peut-être un jour pourrait-elle revoir ses amis. Mrs Arlington avait été une hôtesse charmante et attentionnée. En revoyant le passé, Cañuela pouvait à peine se rappeler un seul jour où quelqu'un n'ait été reçu chez eux, que ce fût à Madrid, à Lisbonne, ou à Buenos Aires.

Elle demeurait persuadée que leurs amis anglais se seraient refusés à croire les accusations calomnieuses qui avaient été lancées contre son père et qu'ils auraient été trop heureux de pouvoir rivaliser d'amabilité et d'hospitalité à l'égard de sa veuve.

Mais Cañuela savait que sa mère ne voudrait jamais courir le risque d'être froissée ou offensée par ceux-là mêmes qui avaient autrefois prédit que son père deviendrait l'un des plus jeunes et plus brillants ambassadeurs d'Europe.

« Plus on accède à une situation élevée, plus la chute est dure! » pensait-elle amèrement.

Quel plaisir elle aurait à voir la chute de Ramón de Lopez!

Cela faisait trois semaines qu'elle travaillait, et il lui semblait que Mrs Arlington se portait mieux.

La compagnie de miss Graham avait été particulièrement bénéfique. C'était une femme intelligente, avec laquelle Mrs Arlington éprouvait beaucoup de plaisir à parler. Les deux femmes paraissaient avoir de nombreux points communs.

De plus, Cañuela se trouvait, grâce à elle, soulagée de certaines tâches. Elle rentrait souvent très fatiguée après son trajet dans les omnibus bondés. Quand ils étaient complets, elle devait parfois marcher la moitié du chemin pour arriver chez elle. Elle était heureuse alors de constater que miss Graham avait tout nettoyé et rangé.

En général, elle laissait un repas tout prêt pour Cañuela qui, ainsi, n'avait pas à se faire la cuisine.

Sur le lit qui avait été refait, sa mère, adossée aux oreillers, attendait qu'elle lui raconte sa journée.

Cañuela se rendit vite compte que sa mère s'armait de courage pour avoir des nouvelles d'Argentine – en fait, elle désirait en parler.

Elle pouvait trouver, là où elle travaillait, des journaux et des magazines argentins qu'elle lisait ou empruntait, si bien qu'elle ramenait toujours chez elle quelques nouvelles concernant des amis du passé.

Des enfants étaient nés, des gens s'étaient mariés, et Mrs Arlington semblait aimer de plus en plus entendre parler de cette vie dans laquelle elle avait joué autrefois un rôle important.

Et puis un soir, juste au moment où Cañuela s'apprêtait à partir, Ramón de Lopez sonna pour l'appeler.

Elle entra dans son bureau. Il était debout, adossé à la cheminée, un télégramme à la main.

Ce n'était pas un de ceux qui lui avaient été apportés et qu'elle lui avait transmis. Elle pensa confusément qu'il avait dû arriver au moment où Ramón de Lopez rentrait et qu'il l'avait pris tout de suite, dans l'entrée.

Elle eut l'impression d'un silence peu habituel, puis,

comme s'il choisissait ses mots, Ramón de Lopez déclara :

– Je dois partir pour Buenos Aires à la fin de la semaine !

Cañuela avait toujours su qu'il lui dirait cela un jour ou l'autre mais, sur le coup, elle ressentit comme un regret.

Il lui était pénible de penser qu'elle ne gagnerait plus le salaire avantageux qu'il lui avait accordé et qu'elle devrait retourner au bureau de placement Brewstead.

– Mon départ imminent ne semble guère vous attrister, fit remarquer Ramón de Lopez sur un ton légèrement sarcastique.

Cañuela réalisa que son silence pouvait paraître grossier.

Elle n'avait pensé qu'à elle-même.

– Je vous fais mes excuses, dit-elle calmement, mais je savais bien qu'il vous faudrait partir un jour ou l'autre.

– Je veux que vous veniez avec moi !

Pendant un instant elle crut avoir mal entendu, puis elle s'empressa de répondre :

– C'est impossible !

– Pourquoi est-ce impossible ? J'ai un bon nombre de rapports à rédiger pendant la traversée, et vous savez aussi bien que moi que personne ne peut le faire, sinon vous.

– Je suis désolée, mais je ne peux pas vous accompagner.

– Pourquoi ?

Cañuela ne répondit rien et il reprit :

– Je suppose, puisque vous m'avez dit que vous viviez avec votre mère, que votre salaire vous permet également de l'entretenir. Cela sera pris en considération, et elle n'aura pas à souffrir de votre absence.

– Je me refuse à envisager la question! dit Cañuela d'un ton ferme.

– Si je me charge de la responsabilité de votre mère, insista Ramón de Lopez, vous pouvez sans doute prendre le temps de m'accompagner, ne serait-ce que jusqu'à Buenos Aires?

– Non!

– Sacrebleu! s'écria-t-il avec une soudaine pointe de colère dans la voix, pourquoi faut-il que vous fassiez autant de difficultés? N'importe quelle femme de votre âge sauterait sur l'occasion d'aller à l'étranger, de voir le monde, de voyager dans le luxe.

– Il est hors de question que je vienne avec vous, señor, répliqua Cañuela.

Et sans plus attendre, elle sortit.

Elle éprouvait un besoin urgent de s'échapper de ce lieu, de se retrouver chez elle. Elle avait presque l'impression qu'il s'efforçait de la saisir comme une pieuvre avec ses tentacules, et qu'elle ne pourrait plus jamais se libérer.

Elle savait bien de quelle obstination il pouvait faire preuve lorsqu'il désirait quelque chose qui paraissait difficile à obtenir!

Il était vrai qu'il ne trouverait personne, du moins dans son bureau, capable de faire le travail qu'elle pourrait accomplir pendant la traversée. Mais il était impensable qu'elle parte avec lui!

Tout d'abord, il lui était impossible de quitter sa mère. Ensuite, comment pourrait-elle jamais retourner à Buenos Aires?

Elle craignait l'obstination de Ramón de Lopez et sentait qu'il lui serait impossible de retourner au bureau le lendemain.

Elle n'avait qu'à écrire à Mr Hayward pour lui demander de lui envoyer l'argent qui lui était dû, ou alors elle devait renoncer simplement à cet argent.

Puis elle comprit qu'elle en avait besoin; elle serait donc obligée de retourner là-bas.

Cela ne durerait que quelques jours et, même s'il faisait tout pour la persuader de partir, il ne pourrait finalement rien faire contre son refus.

« Je lui manquerai, se dit-elle, et je dois dire que cela me fait plaisir. »

Elle se demandait également s'il allait regretter les femmes en compagnie desquelles il avait passé tant de temps pendant son séjour en Angleterre.

Elle songeait à tous les présents qu'elle avait achetés à leur intention. Parfois, ils étaient destinés à des dames de la haute société, dont on pouvait admirer le beau visage aristocratique dans les magazines à la mode.

En dépit de ses tentatives pour ne pas s'y intéresser, pour se persuader que cela ne la regardait pas, Cañuela ne pouvait s'empêcher de regarder ces portraits et de se rappeler certains noms.

Il pleuvait lorsqu'elle descendit de l'omnibus bondé pour faire à pied le chemin qui lui restait à parcourir jusque chez elle.

Elle se sentit terriblement déprimée en atteignant la misérable rue dans laquelle elles vivaient et la porte délabrée de la pension qui aurait eu bien besoin d'être repeinte.

Elle pénétra dans la petite entrée où flottait une éternelle odeur de chou et gravit l'escalier étroit qui menait au premier étage où se trouvait leur chambre.

A peine avait-elle posé la main sur la poignée de la porte que celle-ci s'ouvrit et, à son grand étonnement, elle vit sortir le docteur.

– Bonsoir, docteur Lawson, s'écria-t-elle.

– Miss Gray, j'espérais bien vous voir avant de partir; il faut que je vous parle.

Cañuela pensait qu'il allait faire demi-tour pour

rentrer dans la chambre. Mais, au contraire, il sortit sur le palier en refermant la porte derrière lui.

— On m'a fait appeler car votre mère était souffrante.

Cañuela tressaillit.

— Qu'est-ce qui s'est passé?

— Elle va bien pour l'instant. Ma première visite a eu lieu ce matin de bonne heure.

— Pourquoi ne me l'avez-vous pas fait savoir? interrogea Cañuela. Ma mère sait où je travaille.

— Je l'ai tout d'abord soulagée et je suis revenu dans l'après-midi avec un spécialiste.

Cañuela retira ses lunettes. Elle était très pâle et ne quittait pas le docteur des yeux.

— De quoi souffre ma mère? demanda-t-elle dans un souffle.

— Je vous répondrai franchement. Votre mère est tuberculeuse. C'est ce que je craignais et le spécialiste a confirmé mon diagnostic.

Cañuela eut un haut-le-corps et le docteur ajouta, pour tenter de la réconforter :

— Son état n'est pas très grave et on a tout espoir de la guérir, si elle peut suivre le traitement qui convient.

— Où cela? murmura Cañuela.

— Selon l'avis du spécialiste, il faut qu'elle aille en Suisse immédiatement, répondit le Dr Lawson. Il recommande une clinique de toute confiance, située dans les montagnes. Une fois là-bas, il pense que, d'ici peut-être trois mois, son poumon malade pourra guérir.

Cañuela respira profondément.

— Combien cela... coûterait-il?

C'est avec effort qu'elle s'était résolue à poser cette question. Elle savait trop bien que la somme nécessaire, aussi faible soit-elle, serait au delà de leurs ressources actuelles.

— Je savais que vous me poseriez cette question, répondit le docteur d'un ton grave. C'est pourquoi je me suis déjà renseigné; il vous faudrait au minimum 200 livres, en comptant le voyage et les frais médicaux.

3

— Pourrais-je vous parler, señor?
Ramón de Lopez interrompit sa lecture du journal et, levant les yeux, aperçut Cañuela à côté de lui.
Il ne l'avait pas entendue rentrer.
Elle semblait agitée.
— Mais, bien sûr, miss Gray, répondit-il. Que puis-je pour vous?
— Vous m'avez demandé hier, señor, si je voulais bien vous accompagner à Buenos Aires.
— Et vous m'avez clairement signifié votre refus.
— Je... j'ai... changé d'avis, j'accepte de vous accompagner si vous le désirez toujours.
— Bien sûr que je le désire, je vous l'ai dit très nettement.
Après un moment de silence, Cañuela reprit à voix basse :
— Mais, si je... viens, j'aurai besoin de 200 livres sterling avant de quitter l'Angleterre.
Tout en prononçant ces mots, la somme qu'elle exigeait lui parut énorme et, en dépit de sa résolution de demeurer froide et calme, elle ne put s'empêcher de rougir. Elle s'en voulait également de sentir ses doigts trembler.
— 200 livres? répéta Ramón de Lopez d'une voix lente. Il me semble, miss Gray, que quelqu'un, dans

cette affaire, a fait preuve d'un peu plus d'intelligence que vous.

Cañuela ne put retenir les mots qui venaient à ses lèvres.

– Que voulez-vous dire? questionna-t-elle.

– Je devine, répliqua Ramón de Lopez, que votre petit ami s'est rendu compte de votre valeur et s'est dit qu'un aussi joli pécule constituerait un bon début pour vos économies en ce qui concerne l'avenir.

Cañuela redressa la tête.

– Ce n'est rien de tout cela! fit-elle sèchement.

– Ce n'est pas votre petit ami qui vous a conseillée?

– Je n'ai pas de petit ami.

– Vous espérez vraiment que je vais vous croire?

– Vous pouvez croire ce que vous voulez, señor. La vérité, c'est que...

Elle s'interrompit brusquement en réalisant qu'elle était sur le point de révéler quelque chose sur sa personne, ce qu'elle s'était toujours refusé à faire depuis qu'elle était entrée à son service.

– J'attends, dit tranquillement Ramón de Lopez.

Comme Cañuela demeurait silencieuse, il ajouta :

– J'aimerais connaître la vérité.

– Cela n'offre aucun intérêt pour vous, protesta Cañuela. Je suis prête à venir avec vous afin d'effectuer le travail que vous demandez. Malheureusement, cela ne m'est possible que si je peux, au préalable, recevoir cette... somme précise.

Elle avait dit ces mots sur un ton ferme. Cependant ses doigts restaient crispés sur l'accoudoir du fauteuil tant il lui était pénible de rabaisser sa fierté pour mendier de l'argent.

Et néanmoins, se disait-elle, quelle importance, si cela peut permettre à ma mère de guérir?

Ramón de Lopez ne la quittait pas des yeux.

Il déclara au bout d'un moment :

– Je suis tout à fait prêt à vous donner n'importe quelle somme raisonnable, si vous l'estimez nécessaire, miss Gray. Cependant, en ma qualité d'employeur, je désire savoir en quoi cela est si important pour vous.

Pendant un instant, Cañuela songea à le défier. Elle avait l'impression qu'il se réjouissait de son embarras. Et puis elle décida que ce qu'il pouvait penser ou ressentir lui importait peu.

Une seule chose importait : que sa mère puisse partir en Suisse. Néanmoins, elle ne pouvait lui céder qu'à contrecœur.

Il s'opposait à elle, lui semblait-il, simplement par principe, parce qu'il ne pouvait supporter qu'une femme lui résiste, ou que quiconque travaillant pour lui ne soit continuellement à ses pieds.

– J'attends toujours, miss Gray, répéta-t-il au bout d'un moment, et elle eut l'impression qu'il devinait le conflit qui l'agitait intérieurement.

– Ma mère doit recevoir un... traitement particulier, dit-elle.
– Où cela?
– En Suisse.
– Je suis désolé d'apprendre qu'elle est malade.
– Merci.
– Je vais donner comme instruction à Mr Hayward d'établir tout de suite à votre nom un chèque de 200 livres. Je lui dirai également d'y ajouter 100 livres pour les frais qu'occasionnera votre voyage avec moi jusqu'en Amérique du Sud.
– Etant donné que vous paierez mon voyage, je suppose que je n'aurai aucun frais, répondit Cañuela sèchement.
– Je crains que vous ne puissiez évitez un certain nombre de dépenses supplémentaires. Vous aurez au moins besoin de nouvelles toilettes. Le climat n'est pas le même qu'ici.

– Je m'en doute.

– Depuis que vous travaillez pour moi, poursuivit Ramón de Lopez sans prêter attention à ce qu'elle venait de dire, votre garde-robe n'a pas été très variée... C'est pourquoi je suis disposé à vous offrir les vêtements dont vous aurez besoin pendant la traversée et à notre arrivée.

– Vous ne vous imaginez pas, señor, que je vais vous laisser payer mes vêtements! répliqua fièrement Cañuela.

– Ne soyez pas ridicule! Vous savez aussi bien que moi que vous ne pouvez vous permettre, puisque votre mère est malade, d'acheter un bon nombre de choses que vous n'auriez jamais eu l'idée d'acquérir si vous n'aviez été à mon service.

C'était tout à fait vrai, mais Cañuela trouvait humiliant d'accepter de lui quelque chose d'aussi intime que sa toilette personnelle.

Puis elle comprit ce que 100 livres supplémentaires pouvaient représenter pour sa mère, et, tout en songeant à cette somme d'argent, elle eut une idée.

Elle respira profondément.

– J'accepte, señor. C'est évidemment comme pour la... livrée d'un laquais; c'est toujours l'employeur qui la paie.

Un éclair furieux embrasa le regard de Ramón de Lopez tandis qu'il répliquait :

– Exactement pareil, miss Gray! Mais je suis certain qu'un laquais se sentirait tenu à un peu plus de courtoisie!

Cañuela comprit qu'il venait de lui rendre coup pour coup. Les points étaient partagés!

– Je vois que nous allons passer un voyage fort agréable, miss Gray! fit-il remarquer avec un soupçon d'ironie dans la voix.

– Je serai là pour accomplir mon travail, señor, répliqua Cañuela.

Il souriait, et elle le haïssait d'autant plus.

Néanmoins, lorsque ce soir-là elle rapporta le chèque chez elle, elle ne pouvait s'empêcher d'être ravie à l'idée de pouvoir tout de suite préparer le départ de sa mère pour la Suisse.

– J'ai encore une idée, maman, dit-elle. Tu pourrais emmener miss Graham avec toi.

Comme sa mère la regardait d'un air étonné, Cañuela ajouta :

– Tu sais bien que tu ne peux vraiment pas voyager seule. En fait, je suis sûre que le Dr Lawson supposait que j'allais t'accompagner. En revanche, tu peux emmener miss Graham; ce sera pour elle de merveilleuses vacances et elle pourrait rester avec toi un certain temps.

– Mais tu auras besoin d'argent pour t'acheter des vêtements, répondit sa mère.

Cañuela se mit à rire.

– Penses-tu réellement que je vais dépenser de l'argent en toilettes, alors que j'ai tout ce qu'il me faut dans les malles qui n'ont toujours pas été ouvertes depuis notre retour en Angleterre?

– Je les avais oubliées! s'écria Mrs Arlington.

– Mais pas moi! fit Cañuela. Certaines des robes que je portais il y a deux ans seraient maintenant trop enfantines pour moi, mais les tiennes devraient parfaitement m'aller et tu sais bien, maman, que tu as beaucoup trop maigri pour pouvoir les porter actuellement.

Incapable d'attendre plus longtemps pour savoir si son idée était réalisable, Cañuela tira dans la chambre les malles qui étaient restées dans le couloir depuis leur arrivée. C'étaient des malles de très bon cuir et les robes qui se trouvaient à l'intérieur, bien que chiffonnées, n'avaient absolument pas souffert.

Après les avoir secouées pour les défroisser un peu, Cañuela en essaya quelques-unes.

- Elles te vont vraiment bien! s'écria Mrs Arlington.

C'était la vérité.

Il n'y avait que peu de retouches à faire et, pour ce qui était nécessaire, Cañuela pourrait s'en occuper le soir, tandis que miss Graham ferait le reste dans la journée.

Sa mère insista même pour coudre des dentelles neuves, de nouveaux cols et raccommoder un volant déchiré.

Il y avait une profusion de robes de mousseline que Mrs Arlington portait lorsqu'il faisait chaud. Elles étaient de couleurs vives et toutes de très bon goût.

- Elles sont trop bien pour moi, dit Cañuela en les étendant sur le lit de sa mère.

- Ton papa voulait toujours que je sois la plus élégante des épouses de diplomate, dit Mrs Arlington en souriant. Je crains qu'avec ses encouragements je n'aie souvent fait des folies!

- Aussi étais-tu à la dernière mode et heureusement celle-ci a très peu changé depuis deux ans, fit remarquer Cañuela.

En effet, les corsages étaient toujours très ajustés, les jupes amples, drapées, froncées, ou ornées de volants, et les robes du soir, décolletées, dégageant les épaules.

- Je n'ai pas besoin de robe du soir, dit Cañuela.

- Il faut que tu en emportes, répliqua sa mère. On ne sait jamais; le señor de Lopez peut très bien te demander de l'accompagner à une réception, ou même t'inviter à un dîner. Je ne voudrais pas qu'il ait honte de toi!

- J'aurais l'air ridicule dans l'une de ces somptueuses robes du soir avec mes yeux de chouette.

Voyant l'air étonné de sa mère, Cañuela expliqua :

- Le señor de Lopez m'a demandé si j'étais obligée

de porter mes lunettes tout le temps. D'après lui, elles me font ressembler à une chouette!

— J'aimerais pouvoir te dire de les enlever, dit Mrs Arlington, mais j'ai peur de ce qui pourrait alors t'arriver.

— Moi également, acquiesça Cañuela. Non que cela changerait quelque chose entre le señor de Lopez et moi : il me déteste tout autant que je le déteste!

— Il te déteste? s'écria Mrs Arlington.

— Nous nous livrons un royal combat, maman, expliqua Cañuela en riant. Il fait tout ce qu'il peut pour l'emporter sur moi, et je suis bien décidée à me montrer aussi agaçante que possible!

— En ce cas, pourquoi t'emmène-t-il avec lui?

— Parce qu'il ne peut trouver quelqu'un d'efficace pour me remplacer, répondit Cañuela sur un ton satisfait. Je suis sûre que si quelqu'un d'autre était capable de faire ce travail, il me laisserait tomber sans scrupules. Mais, dans les conditions actuelles, je lui suis utile et il est bien obligé de faire contre mauvaise fortune bon cœur!

— Je n'aime pas savoir que tu travailles dans de telles conditions, dit lentement sa mère. C'est pourtant préférable à ce qui se passait avant, quand je ne pouvais dormir ou te laisser sortir par crainte de ce qui pouvait t'arriver.

— Les lunettes de papa ont été une aubaine, dit Cañuela. Et maintenant, maman, il vaut mieux que je suspende ces robes pour qu'elles se défroissent un peu avant de les repasser.

— Miss Graham le fera pour toi; elle repasse bien. Et elle sera si heureuse que je l'emmène en Suisse avec moi qu'elle voudra me donner quelque chose en retour. Elle est ainsi.

« Alors que moi je rends seulement coup pour coup », pensa Cañuela.

Elle avait atteint le fond de la malle et, en soulevant

une couche de papier de soie, découvrit une autre robe.

Elle la prit.

– Je n'avais jamais vu celle-ci, maman!

– Je ne l'ai jamais portée.

– Mais elle est magnifique! s'écria Cañuela.

C'était une robe en lourd satin blanc, ornée de ruches de tulle blanc qui lui donnaient une ligne aérienne.

– Ton père l'avait fait venir de Paris pour un bal qui devait avoir lieu chez le Président, expliqua Mrs Arlington d'une voix triste. J'étais juste sur le point de la mettre quand ton père est entré dans ma chambre pour me parler des mensonges et des accusations que l'on répandait sur son compte.

– Oh, maman! Cela a dû être horrible pour toi!

– Je ne t'ai pas dit ce qui s'était passé ce soir-là, poursuivit Mrs Arlington, car j'étais trop bouleversée et je ne t'avais pas montré cette robe car je voulais te faire une surprise.

– Cela aurait vraiment été une surprise! répondit Cañuela. Tu avais toujours l'air d'une princesse de conte de fées lorsque tu allais à une réception.

– Je crois que j'avais aussi un peu honte de tout ce que cela avait coûté à ton papa, ajouta Mrs Arlington. Il s'était donné tant de mal pour m'acheter cette robe.

– Je vais la laisser ici dans la malle, dit Cañuela.

– Non, non! Prends-la avec toi! supplia Mrs Arlington. Je serais si heureuse à l'idée que tu vas la porter. J'aimerais me dire que tu pourrais avoir l'occasion d'assister à un bal dans la maison du Président et dans les palais de la plaza San Martin qui ont tous une magnifique salle de bal. (Elle s'interrompit un instant, puis ajouta :) Je t'imaginerai en train de valser; avec tes cheveux brillant sous l'éclat des lustres, tu serais de loin la plus jolie personne de l'assemblée!

Une telle émotion semblait contenue dans la voix de sa mère que Cañuela ne voulut pas la contredire.

Et elle se pencha pour l'embrasser.

— Je l'emporterai avec moi, maman, et j'espère que tes rêves se réaliseront!

Mais elle pensait intérieurement :

« Il n'y a aucune chance pour que cela arrive! »

Elle savait que sa mère la considérait toujours comme une de ces jeunes filles de la haute société, que l'on fête et que l'on courtise, et à qui les hommes rendent hommage, non seulement à cause de leur beauté, mais aussi de leur position sociale.

Par amour pour sa mère, elle se refusait à détruire ses illusions en lui expliquant qu'elle n'avait plus aucune chance de vivre dans cette sphère de la société.

Etant donné le soupçon de trahison qui pesait sur la mémoire de son père, aucun homme n'accepterait de l'épouser de crainte de voir renaître l'horrible publicité, les accusations et les diverses hypothèses.

Son avenir, Cañuela savait que ce serait une vie de travail afin de joindre les deux bouts pour que sa mère puisse avoir suffisamment de confort.

Et puis, une existence de vieille fille, finissant peut-être comme miss Graham dans une petite chambre au fond d'une rue mal famée.

Elle avait assez de bon sens pour essayer de ne pas s'attarder sur l'avenir, mais de ne penser qu'au présent.

Pour être honnête, elle était bien obligée d'admettre qu'elle avait eu une chance incroyable de trouver un emploi chez quelqu'un comme Ramón de Lopez.

Elle avait beau le haïr, souhaiter se venger de l'attitude qu'il avait eue envers son père, pour le moment, c'est lui qui pourvoyait aux besoins de sa mère.

En temps ordinaire, elle aurait débordé de gratitude

à son égard, mais dans ces circonstances elle trouvait qu'il n'y avait aucune raison à cela.

Il ne pensait qu'à lui-même et à ses propres exigences. Dès qu'elle ne lui serait plus utile, il la renverrait. « Peut-être même me jettera-t-il par-dessus bord à la fin de la traversée! » se dit-elle avec une petite grimace ironique.

Il était impitoyable, égoïste, obstiné et d'une arrogance qui la mettait hors d'elle, et elle ne pouvait s'empêcher de lui répondre, au risque de perdre son travail.

Elle se rendit compte que, le matin même, elle s'était montrée incorrecte. Elle n'aurait vraiment eu que ce qu'elle méritait s'il l'avait renvoyée sur-le-champ. Elle avait vu son regard s'embraser sous l'effet de la colère, et elle décida d'être plus prudente à l'avenir.

Il y avait tant de choses à faire les jours suivants que, chaque soir, au moment d'aller se coucher, Cañuela s'endormait dès qu'elle avait posé la tête sur l'oreiller. Elle n'avait pas le temps de penser; pas le temps de réfléchir.

Le Dr Lawson prit toutes les dispositions nécessaires concernant le voyage de sa mère et de miss Graham en Suisse, et leur départ eut lieu la veille du jour où Cañuela devait partir avec Ramón de Lopez.

Non seulement elle devait s'occuper de tout pour sa mère, mais elle avait encore tant de travail au bureau qu'elle pensait ne jamais pouvoir arriver à terminer.

En plus des lettres, des papiers, des comptes rendus qu'elle avait à mettre en ordre, elle devait s'occuper des innombrables cadeaux d'adieu à envoyer, ainsi que de tout ce qu'il fallait faire monter à bord avant le départ.

Il y avait par exemple dix-sept petits bouquets d'orchidées, chacun d'une espèce différente, que l'on devait garder dans la cale, dans une chambre froide, jusqu'à ce que Ramón de Lopez les réclame.

Avec la liste de parfums français, de gants et de petits objets d'art qu'il emportait, Cañuela était certaine que l'une des femmes qui plaisaient à Ramón de Lopez allait voyager avec eux.

Comme elle ne regardait pas ses lettres personnelles, elle ne pouvait avoir aucune idée de cette femme jusqu'à leur embarquement à Southampton.

Cañuela ne pouvait s'empêcher d'être amusée par tout le luxe dont s'entourait son employeur en voyage. Il n'y avait pas moins de quatre wagons réservés dans le train qu'ils prirent à Londres.

Il y en avait un pour Ramón de Lopez, un pour les principaux membres de son personnel, un pour les valets de chambre (il en emmenait deux), et un pour ses amis qui semblaient nombreux à souhaiter venir lui faire leurs adieux personnellement.

A Southampton, une petite locomotive estafette prit en remorque les wagons réservés pour les amener en toussotant le long du navire.

Un steward étant spécialement préposé aux bagages, Cañuela n'avait à s'occuper de rien, et elle gravit la passerelle jusqu'au pont de première classe.

Elle attendait que l'on vînt lui dire où se trouvaient leurs cabines, quand Ramón de Lopez, dont l'extrême distinction et la personnalité se remarquaient encore parmi la foule de ses amis, monta à bord.

A sa vue, il n'y avait pas un seul membre de l'équipage qui ne se mît à faire force courbettes. On devait bien le connaître puisqu'il se rendait à Londres à peu près chaque année et qu'il partait toujours par la même compagnie de navigation.

Il était en conversation avec le commissaire de bord lorsque apparut une nouvelle passagère.

Cañuela la regarda, fascinée. C'était la plus belle femme qu'elle eût jamais vue!

Avec sa toilette particulièrement sophistiquée, plus appropriée pour une promenade dans Hyde Park, on aurait dit un beau papillon voletant parmi les autres passagers, qui semblaient tous vêtus de tweed et de lainages, dans ces discrètes couleurs neutres que les Anglaises trouvent de bon ton pour les voyages.

La nouvelle venue jeta un coup d'œil autour d'elle et poussa un petit cri de joie.

— Señor de Lopez! s'écria-t-elle en lui tendant sa main gantée d'un geste théâtral.

— Señora Sánchez! Quelle agréable surprise!

— J'ignorais complètement que vous embarquiez aujourd'hui comme moi pour retourner dans notre pays! dit la señora. Je vais me sentir plus en sécurité!

Elle jeta un coup d'œil aux amis de Ramón de Lopez qui la dévisageaient tous avec une admiration non déguisée.

— J'ai si peur lorsque je suis en mer, dit-elle. Maintenant je sais que, si le navire devait faire naufrage, le señor viendrait à mon secours!

— C'est ce que nous ferions tous! fit remarquer l'un des messieurs présents.

— Alors, il faut que vous veniez tous avec nous! répondit la señora avec coquetterie.

— Votre cabine est par ici, miss Gray, fit une voix tranquille à l'oreille de Cañuela qui se retourna vers le steward à côté d'elle.

Elle le suivit tandis que lui parvenaient encore des éclats de rire, la señora ayant fait une remarque qui semblait amuser Ramón de Lopez et ses compagnons.

« Maintenant, je sais à qui sont destinées les orchidées », se dit-elle.

La señora avait fait preuve de beaucoup d'habileté en feignant la surprise, et lui, de son côté, avait également bien joué le jeu.

Mais, les semaines précédentes, Cañuela avait fait envoyer à la señora un bon nombre de bouquets ainsi que divers présents.

C'était une femme vraiment belle, et Cañuela comprenait que Ramón de Lopez ait pu s'en éprendre, si tel était le mot qui convenait à ses sentiments pour elle.

Les cabines étaient confortables et relativement spacieuses. Le steward apprit à Cañuela que celle où dormait Ramón de Lopez était l'une des plus grandes du navire, et qu'il avait en outre un salon contigu.

On avait eu le tact de réserver à Cañuela une cabine qui se trouvait située un peu plus loin dans le couloir.

– Les valets de chambre voyageront évidemment en deuxième classe, expliqua le steward, et je suis sûr qu'ils vous fourniront tout ce dont vous pourriez avoir besoin, miss Gray.

– J'ai l'habitude de me débrouiller seule, je vous remercie, répondit Cañuela.

– Je vous souhaite une agréable traversée.

– Merci beaucoup.

Sur ces mots, il la laissa seule dans sa cabine.

Elle était suffisamment confortable et spacieuse pour posséder un bureau sur lequel on avait posé sa machine à écrire, mais Mrs Arlington avait insisté pour qu'elle emporte tellement de choses que les bagages étaient nombreux.

Elle décida de défaire au moins deux de ses malles afin que l'on puisse les mettre ailleurs, ce qui lui laisserait plus de place.

Pour voyager, elle avait mis la robe noire et la veste ajustée qu'elle portait tous les jours pour aller travailler.

Elle l'avait fait exprès, pensant que Ramón de Lopez serait contrarié de la voir apparaître dans sa tenue habituelle et non dans l'une des toilettes neuves qu'il s'imaginait avoir payées.

Il y avait bien dans ses bagages une très jolie robe de voyage et un manteau de Mrs Arlington, mais elle avait décidé, avec une certaine malice, de ne pas les mettre.

Elle s'assit sur le lit pour penser à sa mère qui devait déjà être en Suisse, et puis soudain l'excitation du départ, la joie de voyager à nouveau l'envahirent.

En dépit du caractère difficile de Ramón de Lopez, en dépit de la haine et de la rancune qu'elle nourrissait à son égard, c'était grâce à sa générosité qu'elle se trouvait là.

Avec tout l'élan de la jeunesse, elle ne put s'empêcher de penser que c'était le début d'une aventure.

Elle était impatiente en même temps qu'elle redoutait de revoir Buenos Aires. C'était une ville qu'elle avait énormément aimée, mais qui restait désormais liée, dans son esprit, aux larmes versées à cause de ceux qui avaient comploté contre son père.

« Pauvre papa! » pensa Cañuela.

Puis elle se rappela ses paroles; il fallait qu'elle soit fière, qu'elle garde la tête haute.

« Je ne me laisserai pas abattre, se dit-elle. Peut-être qu'une fois en Argentine, j'aurai l'occasion d'anéantir ceux qui l'ont anéanti! »

Si elle détestait Ramón de Lopez, ce n'était rien en comparaison de la haine qu'elle portait à Janson Mandel!

C'est lui qui avait été l'instigateur de toute cette affaire! C'est lui qui avait fait circuler les premières rumeurs, simplement parce qu'il était amoureux de sa mère, encore que l'amour fût peut-être un mot trop décent pour le genre de sentiments qu'il nourrissait à son égard.

Cependant, Cañuela pouvait comprendre que l'insulte qu'il avait subie de la part de son père quand il l'avait frappé exigeait une vengeance.

Janson Mandel portait un nom anglais; son père était anglais, mais sa mère était une Italienne de Naples et, pour un Napolitain, une vendetta ne peut s'achever que dans le sang.

« C'est lui qui a gagné! Il a réussi! se dit Cañuela avec amertume. Lorsque papa est mort, il n'aurait pu souhaiter de meilleure vengeance. »

Puis elle décida que pendant les dix-sept prochains jours qu'elle allait passer en mer, elle essaierait de ne pas penser aux ennemis qu'elle risquait de revoir en Argentine.

Eux ne la reconnaîtraient pas, et elle pouvait seulement espérer les toucher par son mépris et les malédictions qu'elle accumulait sur leur tête.

Pour le moment, il y avait le navire à explorer et le plaisir de le regarder s'éloigner du quai.

Elle monta sur le pont supérieur, se disant qu'elle avait toutes les chances de passer inaperçue.

Elle ne se trompait pas.

La plupart des gens s'étaient regroupés autour de la passerelle pour pouvoir parler avec leurs amis jusqu'au tout dernier moment, lorsque ceux-ci seraient obligés de redescendre.

L'orchestre se mit à jouer, la sirène du navire retentit et, parmi les acclamations, tandis que s'agitaient mains et mouchoirs, le paquebot s'éloigna du quai, à la suite d'un remorqueur qui le guida en crachotant jusqu'aux eaux profondes de la Manche.

L'après-midi était déjà bien avancée et Cañuela savait que, pour le premier soir en mer, on dînerait de bonne heure.

La plupart des gens ne prirent pas la peine de se changer, prétextant comme toujours qu'ils n'avaient pas eu le temps de défaire leurs bagages.

Cependant, Cañuela décida de mettre une simple robe d'après-midi de sa mère et de quitter la triste couleur noire qui, sans aucun doute, avait contrarié Ramón de Lopez.

Elle descendit dans la salle de restaurant dès que retentit la cloche du dîner.

Quand elle se fut présentée, le maître d'hôtel la conduisit à une table qui se trouvait en bordure de la salle.

Elle dîna seule et s'amusa à observer les gens qui entraient. S'ils étaient importants, on les menait avec une certaine cérémonie jusqu'à la table du capitaine.

Certains étaient reçus à la table du premier officier, et les autres s'asseyaient un peu partout dans la salle.

Ramón de Lopez se trouvait bien sûr à la table du capitaine, ainsi que la señora Sánchez.

Ils étaient entrés séparément, mais comme par hasard ils se trouvaient assis côte à côte et semblaient avoir beaucoup de choses à se dire.

La señora Sánchez portait une robe du soir très sophistiquée et ne semblait en aucune façon embarrassée d'être la seule femme dans toute la salle du restaurant à s'être mise en grande toilette.

Elle avait grande allure dans une soie rouge sang qui rehaussait l'éclat sombre de ses cheveux et la délicatesse de son teint de magnolia. Ses yeux brillaient et paraissaient refléter la moindre de ses émotions, tandis que s'entrouvraient ses lèvres rouges et provocantes.

Cañuela ne fut guère surprise le lendemain matin, lorsque Ramón de Lopez lui demanda de faire porter à la señora une boîte d'orchidées.

Il semblait de bonne humeur et, sans aucun commentaire personnel, s'installa pour lui dicter un rapport sur son séjour et les contrats établis.

Cañuela apprit qu'une copie devrait être envoyée à chaque personne concernée par sa visite en Angleterre.

Il parlait vite, mais pas autant que lorsqu'il voulait l'exaspérer. Quand il eut terminé, deux heures plus tard, il lui demanda :
— J'espère que vous avez tout ce qu'il vous faut, miss Gray?
— C'est parfait, señor, je vous remercie.
— Puis-je vous complimenter pour votre robe?
Cañuela baissa les yeux.
Elle avait mis, sans presque y réfléchir, une robe de crêpe d'un profond bleu saphir.
Elle était très joliment coupée, avec les quelques petites touches personnelles qui caractérisaient toutes les toilettes de Mrs Arlington.
— Merci, señor, fit Cañuela à mi-voix.
— Il est encore trop tôt pour vous demander si ce voyage vous plaît, ajouta-t-il. Je vous reposerai la question une fois arrivés à Madère, car j'ai l'impression que, les premiers jours, nous risquons d'avoir une mer un peu agitée.
Il ne s'était pas trompé. Un vent violent soufflait et, plus ils descendaient la Manche, plus la mer devenait houleuse.
Cañuela avait le pied marin et elle se retrouva pratiquement la seule femme, ce soir-là, dans la salle du restaurant.
La señora Sánchez ne donna plus aucun signe de vie les quatre jours suivants. Il était plutôt difficile de marcher et, après avoir pris l'air et s'être fait éclabousser par une vague, Cañuela trouva plus agréable de rester dans sa cabine à lire en attendant que Ramón de Lopez la fasse appeler.
Chaque jour, il lui demandait de faire porter une boîte d'orchidées à la señora Sánchez.
Cañuela apprit par la femme de chambre que celle-ci demeurait prostrée avec le mal de mer.
— Et elle en fait une de ces histoires! ajouta la femme de chambre d'un ton acerbe. Je ne tiens plus

debout à force de répondre à ses coups de sonnette.
– Mais elle a sûrement emmené une domestique avec elle? demanda Cañuela.
– Une domestique! fit la jeune femme d'un ton méprisant. Elles ne valent guère mieux qu'un mal de tête lorsque la mer est agitée; en général, elles succombent avant leur maîtresse!

Comme elle semblait épuisée, Cañuela proposa :
– Si je peux faire quelque chose pour vous aider, n'hésitez pas à me le dire. Je n'ai jamais le mal de mer et je serais trop contente de vous aider.
– C'est très aimable à vous, miss Gray, dit la femme de chambre d'un air surpris. Ce n'est pas souvent que quelqu'un me propose un coup de main. Il n'y a pas assez de femmes de chambre pour cette traversée, je ne sais pas pourquoi; mais enfin, je suppose que je m'en sortirai!

Néanmoins, Cañuela insista tant que la femme de chambre lui apporta la robe d'une passagère pour qu'elle y donne un coup de fer, ainsi que deux ou trois chemises de nuit à laver.

C'était de la jolie lingerie à dentelle qui ne posait aucun problème, et la jeune femme lui en fut extrêmement reconnaissante.
– Je n'ai jamais rencontré quelqu'un d'aussi aimable que vous, miss Gray, lui dit-elle, je vous assure.
– J'ai peu à faire et vous en avez trop! Ce n'est que justice que nous nous partagions un peu le travail.

Ramón de Lopez travaillait par à-coups. Parfois, il dictait pendant deux ou trois heures de suite, et, à d'autres moments, elle restait pratiquement une journée entière sans entendre parler de lui.

D'après le nombre de livres qu'elle avait vus dans son salon, il semblait avoir beaucoup à lire. C'étaient pour la plupart des ouvrages politiques, et elle en conclut que son père avait peut-être raison de dire que Ramón de Lopez voulait accéder à la présidence.

Bien qu'elle le détestât, elle était obligée d'admettre qu'il ferait un bon président.

Les Argentins aimaient les hommes sportifs. Ils appréciaient d'avoir comme dirigeants des athlètes capables de rester en selle toute une journée sans fatigue, et de bien jouer au polo. Or, Ramón de Lopez était l'un des meilleurs joueurs du monde.

Son intelligence et ses connaissances concernant les finances de son pays, sa qualité de brillant négociateur étaient des atouts supplémentaires qu'il était rare de trouver réunis en un seul homme!

La mer était plus calme et le soleil brillait lorsqu'ils atteignirent l'île de Madère, seul port d'escale entre l'Angleterre et Buenos Aires.

Cañuela en avait seulement entendu parler car, au cours de ses précédents voyages en Amérique du Sud, ils étaient toujours passés par Lisbonne.

Le navire jeta l'ancre dans la baie de Funchal et l'île apparut dans une vision enchanteresse, avec ses pentes abruptes s'élevant de la plage de galets jusqu'aux collines couronnées de nuages.

Tout était vert derrière les maisons aux murs blancs, jaunes ou bleu ciel, avec leurs toits rouges et leurs volets verts.

Avant même que le bateau n'ait jeté l'ancre, Cañuela avait reconnu les bananiers, les palmiers, et les vignes qui poussaient à profusion.

Dès que le navire eut coupé la vapeur, une foule de petites barques quittèrent le rivage. C'étaient des vendeurs qui venaient proposer des fruits de l'île, des paniers, des objets tressés, et ils tenaient à bout de bras leurs articles en marchandant avec les passagers qui se penchaient par-dessus les rambardes.

Il y avait des douaniers à l'allure avantageuse, dans leur uniforme noir, blanc et or, et des barques chargées de jeunes garçons, pratiquement nus, qui suppliaient les passagers de leur lancer des pièces, pour lesquelles ils n'hésitaient pas à plonger profondément dans l'eau verte et limpide.

Cañuela prenait grand plaisir à les observer.

Elle avait envie d'applaudir devant tant de vivacité, d'agilité, car aucune pièce ne leur échappait. Parfois ils étaient deux ou trois à se battre sous l'eau pour l'acquisition d'un shilling.

Une fois effectuées les formalités habituelles, les passagers reçurent l'autorisation de descendre à terre. Certaine que Ramón de Lopez n'aurait plus besoin d'elle, Cañuela fut l'une des premières à débarquer.

Il n'était guère facile de marcher dans les ruelles abruptes pavées de galets gris, car le passage des traîneaux de bois dirigés par des conducteurs munis de longues perches les avait rendus aussi lisses que du verre.

Il y avait des voitures à louer à la sortie de la ville. Mais encore fallait-il en avoir les moyens !

Les touristes pouvaient ainsi parcourir facilement les collines luxuriantes, admirer les fleurs aux couleurs éclatantes, et particulièrement les arums qui poussaient à l'état sauvage sur toute l'île.

Après bien des discussions, Cañuela s'était mise d'accord avec sa mère pour emporter dix livres sterling.

– Il faut que tu aies un peu d'argent, ma chérie, avait dit Mrs Arlington. Tu peux avoir à donner des pourboires. Et en outre tu ne peux pas compter sur le señor Lopez, après tout ce qu'il t'a donné, pour une quête à l'église ou pour une bobine de coton à un penny !

Comme sa mère semblait vraiment se faire du souci à ce sujet, Cañuela prit dix livres sur les trois cents, en se disant que, s'il lui restait quelque chose pour son voyage de retour, elle pourrait rapporter un cadeau à sa mère.

Elle n'avait donc pas l'intention de gaspiller cet

argent, et c'est à pied qu'elle gravit les ruelles glissantes jusqu'aux routes recouvertes de poussière. Puis elle se mit à grimper sur la colline.

Elle se doutait bien qu'en montant suffisamment haut au-dessus du port et de la ville elle pourrait jouir d'une vue magnifique.

Elle n'avait pas tort. Bien que le soleil fût très chaud, l'air était frais, et elle fut récompensée de son effort en découvrant la beauté des fleurs et de la végétation tropicale.

La place du marché, tout en bas, ressemblait à un jouet et elle se félicita d'avoir su éviter les tentations qu'offre toujours une promenade dans un marché.

Elle aperçut certains passagers qui partaient en traîneau. Puis elle remarqua deux d'entre eux dans un cabriolet, sur la route qui, vue de si haut, faisait comme un long ruban. Il était facile de reconnaître la robe rose que portait la señora Sánchez.

Cañuela l'avait vue sur le pont qui regardait le spectacle offert par les jeunes plongeurs, et elle lui était vraiment apparue comme une rose.

La señora portait un chapeau à fleurs, attaché sous le menton par des rubans et, – détail que Mrs Arlington aurait trouvé de mauvais goût – elle étincelait sous le feu de ses diamants.

« Je me demande s'il est amoureux d'elle? », se demanda Cañuela.

Loin au-dessous d'elle leurs têtes se penchaient l'une vers l'autre et peut-être étaient-ils également main dans la main. Quand ils arrêteraient le cabriolet, ils iraient sans doute se perdre parmi les arbres, et leurs étreintes pourraient devenir plus intimes.

« C'est une femme mariée, pensa Cañuela avec sévérité; elle devrait se conduire un peu mieux! »

Le señor Juan Sánchez était membre du gouvernement. La dernière fois que Cañuela se trouvait à Buenos aires, il était ministre du Commerce, mais elle avait appris par les journaux qu'elle lisait à Londres qu'il était maintenant ministre des Finances.

Elle se souvenait de lui comme d'un personnage plutôt haut en couleur, irascible et assez agressif. Elle avait le sentiment que son père ne l'avait jamais beaucoup aimé, bien que, d'une manière ou d'une autre, il ait souvent eu affaire à lui. En tout cas, le señor avait indiscutablement trouvé une fort belle épouse!

Cañuela avait l'impression qu'il serait plutôt mécontent d'apprendre l'aventure de sa femme avec Ramón de Lopez, célèbre en Argentine autant pour ses talents de séducteur que de cavalier.

Tandis qu'elle les regardait s'éloigner sur la route sinueuse, Cañuela remarqua derrière eux une voiture où était assis un homme seul. Elle trouva étrange que l'un des passagers fût parti se promener en voiture tout seul. Puis elle se souvint d'une conversation qu'elle avait eue la veille avec la femme de chambre.

— Il y a un homme que je rencontre toujours dans le couloir, avait dit Cañuela. Il est petit, brun, avec une cicatrice sur la joue. Je ne le vois jamais dans la salle de restaurant, et c'est pourquoi je le soupçonne de ne pas être un passager de première classe.

— Ce n'en est pas un en effet, répondit la femme de chambre. Je vois qui vous voulez dire, et j'en ai parlé au chef steward.

— Pensez-vous que ce soit un voleur? interrogea Cañuela.

— Non, je ne crois pas, mais cela ne m'étonnerait pas qu'il soit journaliste.

— Qu'est-ce qui vous fait supposer qu'il pourrait travailler pour un journal?

— Eh bien, tout d'abord, il est particulièrement curieux. Il m'a posé des questions sur à peu près toutes les personnes qui occupent cet étage.

— Sur moi également? questionna Cañuela, craignant soudain que son identité ait pu être découverte.

– Non, pas sur vous, miss Gray; mais sans aucun doute votre patron l'intéresse.

– Je me demande pourquoi? fit Cañuela.

Puis elle pensa que cet homme travaillait peut-être pour le compte d'une société rivale non représentée par Ramón de Lopez.

Elle n'ignorait pas que toutes les concessions et les contrats obtenus en Angleterre devaient demeurer secrets jusqu'à leur arrivée en Argentine.

Or, maintenant, même à cette distance, elle était persuadée qu'il s'agissait encore du même individu.

Elle reconnaissait son port de tête et la forme assez bizarre de son chapeau qu'il tenait à la main tandis qu'il marchait dans le couloir.

Et puis soudain la réponse lui parut évidente. Cet homme n'était pas journaliste mais détective! Elle connaissait la fanatique jalousie des Argentins, et Juan Sánchez était tout à fait le genre d'homme à vouloir – non sans raison – savoir ce que faisait sa femme en son absence.

Assise en haut de la colline parmi les lis sauvages, Cañuela se demanda si elle tenait là sa vengeance. Si le détective rapportait à Juan Sánchez – ce qu'il ferait sûrement – la liaison de sa femme avec Ramón de Lopez, ce dernier devrait payer pour l'affront commis. Il pourrait y avoir un duel, ou bien le mari bafoué dénoncerait le couple coupable qui serait, dès lors, rejeté par les membres les plus respectables de la société.

De toute manière, cela mettrait certainement fin aux ambitions de Ramón de Lopez quant à la présidence.

Les Argentins admirent les hommes qui ont du tempérament. Ils trouvent normal qu'un homme ait des maîtresses, qu'il mène une vie tapageuse. Mais avoir une liaison avec la femme d'un autre homme est une tout autre affaire. Une épouse appartenait à son mari; elle comptait parmi ses biens! De même qu'un voleur de chevaux était puni par la pendaison, de même on ne considérait pas comme un assassin celui qui tirait de sang-froid sur une femme adultère.

« Je tiens ma vengeance », pensa Cañuela.

Mais elle se rendit compte qu'elle ne pouvait laisser les événements se passer ainsi. C'était une chose que de se venger personnellement de Ramón de Lopez, une autre de le voir traîné dans la boue!

Cañuela reprit le chemin du port. Une chaloupe la ramena au paquebot.

Ce n'est qu'une heure plus tard que Ramón de Lopez et la señora Sánchez remontèrent à bord. L'homme à la cicatrice arriva dans la chaloupe suivante.

Cañuela attendit un moment pour être sûre de trouver Ramón de Lopez seul dans son salon.

On avait déjà levé l'ancre et le navire commençait à appareiller. Bon nombre de gens étaient sur le pont pour voir le navire s'éloigner de la baie, mais Ramón de Lopez était trop habitué aux voyages pour y trouver encore de l'intérêt.

Lorsque Cañuela entra dans la cabine il lui sembla lire une certaine satisfaction dans son regard.

– J'allais justement vous faire appeler, miss Gray, dit-il. J'ai un ou deux éléments à ajouter au compte rendu que nous avons vu ensemble hier. (Sans remarquer son hésitation, il reprit :) Etes-vous descendue à terre?

– Oui.

– C'est une très belle île.

– Vraiment très belle, señor.

Comme elle ne s'asseyait toujours pas, il la regarda d'un air interrogateur.

– Qu'y a-t-il?

— Vous avez été suivi cet après-midi, déclara-t-elle. Il y a un homme qui cherche à se renseigner sur vous. Il est constamment en train de rôder dans le couloir.

Ramón de Lopez demeura silencieux.

— Que pensez-vous qu'il cherche? fit-il au bout d'un moment.

— Ce n'est pas à moi de le dire, répliqua Cañuela. Je pensais simplement que cela pouvait vous intéresser.

— Pourquoi avez-vous pris la peine de m'en parler?

Elle trouva cette question quelque peu embarrassante, mais se résolut à dire la vérité.

— Un scandale... vous causerait du tort.

— Il me semble que cela devrait vous faire plaisir. Vous m'avez très clairement fait sentir votre antipathie, miss Gray.

— Vous vous en étiez aperçu... et cependant... vous m'avez emmenée avec vous pour faire cette traversée? fit Cañuela.

— J'ai besoin de vous, comme vous le savez fort bien. D'autre part, je serais curieux de connaître la raison de votre attitude.

Après un moment de silence, Cañuela dit simplement :

— Je pense, señor, que nous devrions... nous mettre au travail.

— J'aimerais avoir une réponse à ma question, dit-il. Pourquoi n'êtes-vous pas disposée à me voir déconsidéré? Je suis sûr, miss Gray, que vous êtes beaucoup trop intelligente pour n'avoir pas compris ce qu'est cet individu en réalité.

— Cela ne me... regarde pas.

— Et cependant, il se trouve que vous vous préoccupez de ma réputation. (Il s'interrompit et ajouta :) Peut-être est-ce par gratitude?

Il avait dit ces mots sur un ton manifestement

ironique, et Cañuela répondit au bout d'un moment :
— Non... ce n'est pas cela.
— Alors j'aimerais avoir une explication.

Il y eut de nouveau un silence, et puis Cañuela dit en hésitant :
— Quelqu'un... dont je respectais le jugement... a dit un jour que vous feriez... un bon... président pour l'Argentine.
— Ainsi, vous aviez déjà entendu parler de moi? fit-il brusquement.

Cañuela rougit. Elle aurait dû se douter qu'un détail comme celui-ci ne lui échapperait pas.
— Vous êtes célèbre, señor, murmura-t-elle.
— Mais guère en dehors de l'Argentine.
Comme elle se taisait, il reprit :
— Et vous êtes du même avis?
— Oui.
— Néanmoins, personnellement, vous me haïssez.
— ... Oui, avoua-t-elle avec quelque difficulté.
— Au moins, vous êtes honnête, miss Gray. Pourriez-vous me dire pourquoi?
— Non!
— Pourquoi pas?
— Je ne suis pas obligée de vous répondre, señor. Puis-je me permettre de vous rappeler que je suis ici pour travailler avec vous? Mes sentiments, quels qu'ils soient, ne peuvent être d'aucun intérêt pour vous.
— Aussi étrange que cela puisse paraître, ils m'intéressent, répliqua Ramón de Lopez; et franchement, miss Gray, je trouve exaspérant de travailler avec quelqu'un qui me manifeste constamment son antipathie, et dont toute la conversation semble sortir d'un *frigorifico*!

Cañuela demeura silencieuse et, au bout d'un moment, perdant son sang-froid, il s'écria :
— N'avez-vous rien à répondre? Dieu sait combien

cela peut être agaçant de parler à une femme qui se donne les allures mystérieuses d'un sphinx!

— Je ne suis pas ici pour parler, señor.

— Mais moi, j'ai envie de parler avec vous, fit Ramón de Lopez, presque comme un enfant gâté. Si je dois m'interdire le plaisir de la compagnie de la señora pendant le reste de la traversée, alors, il faudra bien que je me contente de votre conversation!

— Je suis désolée que vous ayez à supporter une telle épreuve! répliqua Cañuela sur un ton sarcastique.

Ramón de Lopez la dévisagea un moment avant de déclarer :

— J'ignore où vous avez été élevée, miss Gray, mais il est évident que l'on vous a laissé agir à votre guise, ce qui est une erreur pour une jeune femme. Je souhaite simplement que l'un de vos petits amis, bien que vous prétendiez ne pas en avoir, vous donnera un jour la fessée que vous méritez!

Comme Cañuela demeurait toujours silencieuse, il ajouta d'un ton furieux :

— Eh bien, asseyez-vous! Au moins, vous ressemblez à peu près à un être humain lorsque je travaille avec vous; si je dois essayer de dégeler un *frigorifico*, autant commencer avec la seule relation qui existe entre nous!

Cañuela s'assit sur la chaise et ouvrit son bloc-notes.

— Je suis prête, señor, fit-elle d'un ton soumis en espérant l'exaspérer encore plus.

Derrière ses lunettes, ses yeux étaient triomphants!

Elle avait réussi à ébranler ses nerfs!

Elle avait réussi à briser son arrogante fatuité!

Et en même temps, elle l'avait sauvé!

4

Cañuela était en train de se changer pour le dîner lorsque l'on frappa à sa porte. C'était la femme de chambre; elle tenait une petite boîte à la main.

– Avec les compliments du señor Ramón de Lopez!

Cañuela regarda l'objet sans en croire ses yeux. Elle n'arrivait pas à admettre qu'il pût lui offrir l'une des boîtes d'orchidées achetées à l'intention de la señora Sánchez.

Pendant un instant, elle songea à les lui renvoyer; puis elle se dit qu'il pouvait lui avoir adressé ces fleurs pour deux raisons.

Tout d'abord, ce qui lui semblait peu probable, il avait peut-être la naïveté de s'imaginer qu'elle allait les accepter comme remerciement pour l'avoir averti de la présence du détective.

Deuxièmement, il pouvait vouloir détourner l'attention du détective sur elle-même.

Après réflexion, Cañuela se dit que la seconde solution semblait la plus plausible, mais que, toutefois, c'était tout aussi insultant pour elle.

– Elles sont magnifiques, dit la femme de chambre d'un air mélancolique.

– Vous les voulez? dit Cañuela.

La femme de chambre la regarda avec stupéfaction.

– Je n'aime pas les orchidées, expliqua Cañuela.

– Mais moi, ce n'est pas à bord que j'aurais l'occasion de les mettre à mon corsage, dit la femme de chambre en riant.

– Il y a peut-être quelqu'un qui serait heureux de les recevoir, suggéra Cañuela.

– En effet, je connais quelqu'un. Il y a une dame,

tout au bout du couloir, qui n'est pas bien depuis le début de la traversée. La señora Pinto a trois enfants et je suis certaine qu'un présent comme celui-ci lui remonterait le moral.

— En ce cas, je vous prie de bien vouloir les lui porter.

— Elles iraient bien avec votre toilette, fit remarquer la femme de chambre en regardant la très jolie robe que venait de mettre Cañuela.

— Comme je vous l'ai dit, je n'aime pas les orchidées. Ce sont des fleurs beaucoup trop exotiques et sophistiquées pour ce que je suis.

— Je crois que vous êtes bien trop modeste, miss Gray, dit la femme de chambre en souriant. (Puis elle ajouta :) J'ai quelque chose de très intéressant à vous dire.

— Qu'est-ce donc?

— Vous vous rappelez cet homme dont vous me parliez, qui était toujours en train de rôder dans les couloirs?

— Oui, je m'en souviens.

— Eh bien, j'en ai parlé au chef steward qui en a parlé à son tour au commissaire de bord, et ce dernier lui a dit de rester en bas, en deuxième classe, là où il devait être.

— C'est une bonne chose... commença à dire Cañuela.

Mais la femme de chambre l'interrompit aussitôt :

— Alors, devinez ce qui s'est passé? Il a fait changer son billet!

— Vous voulez dire qu'il a payé un supplément pour venir sur ce pont?

— Exactement! Je suppose qu'il ne trouvait pas la deuxième classe assez bien pour lui, ou alors qu'il ne trouvait pas assez de gens avec qui parler en bas!

— Oui, je suppose que c'est la raison, acquiesça Cañuela.

En descendant dans la salle de restaurant, elle se dit que cela avait vraiment été une chance qu'elle remarque le détective qui suivait le señor de Lopez et sa belle compagne dans leur excursion autour de l'île.

Sans monter aussi haut dans la colline, elle ne s'en serait pas aperçue, et si le señor Lopez n'avait pas été averti, le détective, en restant dans leur couloir, aurait certainement eu beaucoup de choses à rapporter à son employeur.

Cañuela arriva plus tard que d'habitude pour le dîner, et, tandis qu'elle se dirigeait vers sa table, la salle de restaurant lui sembla presque pleine.

Elle remarqua que la señora Sánchez se trouvait déjà assise à la table du capitaine, superbe et voluptueuse, dans une robe sophistiquée en soie verte assortie à l'énorme collier d'émeraudes qui entourait son cou blanc.

Cañuela avait toujours admiré la beauté des Argentines; elles étaient déjà femmes à quinze ans, mais vieillissaient souvent vite.

Il était évident que la señora Sánchez était à l'apogée de sa beauté, et Cañuela comprenait qu'aucun homme ne pouvait résister à l'incitation de ses yeux sombres et de ses provocantes lèvres rouges.

A peine Cañuela avait-elle commandé son repas qu'elle vit entrer Ramón de Lopez.

Il traversa les rangées de tables occupées jusqu'à celle où se trouvait le capitaine entouré des passagers les plus importants mais, au lieu de prendre sa place habituelle, il se pencha, l'air sérieux, pour dire quelques mots à l'oreille du capitaine.

Puis, à la stupéfaction de Cañuela, il se dirigea vers sa propre table et prit place en face d'elle.

Elle vit qu'il tenait quelques papiers à la main.

– Je viens d'expliquer au capitaine, dit-il, que, ayant reçu des câbles extrêmement importants dont je dois m'occuper sans tarder, il me faut parler affaires avec vous, et je l'ai donc prié de m'excuser de ne pas dîner à sa table.

Cañuela ne put s'empêcher de penser à l'étonnement que devait éprouver la señora Sánchez.

En effet, d'où elle était assise, elle pouvait voir la señora qui, tournée vers Ramón de Lopez, semblait non seulement interloquée mais également furieuse.

– Avez-vous vraiment reçu ces câbles? demanda Cañuela.

– Heureusement, quelques-uns pour rendre mon histoire crédible, mais ils ne sont pas d'une importance ni d'une urgence particulières. (Il sourit.) Néanmoins, si vous voulez soutenir ma version, et je ne peux pas croire que vous me laisseriez tomber, vous allez être obligée de parler avec moi. Nous ne pouvons rester assis en silence comme un vieux couple blasé qui a épuisé tous les sujets de conversation!

Cañuela ne put réprimer un léger sourire, et Ramón de Lopez lui tendit le premier câble de la pile.

– Essayez de faire comme si vous veniez d'apprendre que les Anglais ont commandé un million de tonnes supplémentaires de viande congelée! Ou si vous préférez, imaginons que l'Argentine a fait faillite et que nous devons discuter des moyens de surmonter la crise économique!

Se sentant obligée d'entrer dans le jeu, Cañuela lut le câble, qui était l'un de ceux qu'elle avait retranscrits plus tôt dans la journée, puis elle le lui rendit.

Il lui en fit passer un autre, et elle refit la même chose.

Quand Ramón de Lopez eut commandé son repas, le sommelier vint lui apporter la carte des vins.

– Préférez-vous du vin blanc ou du rouge? demanda-t-il à Cañuela.

– Je bois de l'eau.

– Voilà un cru que je n'ai jamais recommandé sur un paquebot!

Il commanda une bouteille de Piesporter, et Cañuela se rappela que c'était l'un des vins de Moselle préférés de son père. Comme elle avait envie d'y goûter à nouveau, elle ne protesta pas lorsque le serveur remplit son verre.

— Puis-je me permettre de vous complimenter pour votre toilette? dit Ramón de Lopez.

— Ce compliment vous revient, señor! répliqua Cañuela en se souvenant qu'il pensait l'avoir payée.

— Il me semble qu'il lui manque peut-être une petite fantaisie. N'avez-vous pas reçu mes orchidées?

— Si.

Il y eut un moment de silence, puis il ajouta :

— Y a-t-il une raison quelconque pour laquelle vous ne les portez pas à votre corsage?

— Oui... deux raisons, répondit Cañuela en se raidissant.

— Et quelles sont-elles?

Elle pensa refuser de répondre à cette question, mais, parce qu'elle avait un peu l'impression de subir un interrogatoire, et qu'elle se sentait toujours insultée par ce présent, une fureur subite la poussa à répliquer :

— Je veux bien, señor, jouer le rôle du chaperon pour un Roméo frustré, mais je refuse de doubler le rôle de Juliette!

Elle se rendit compte immédiatement de la brutalité de ses paroles. Elle vit le regard surpris, puis courroucé de Ramón de Lopez.

— Sans aucun doute, miss Gray, répondit-il, vous vous rapprochez précipitamment de la fessée dont, je l'ai déjà dit, vous auriez grand besoin!

— La force n'est guère une méthode d'argumentation subtile ni civilisée, señor!

Il serra les lèvres comme pour réprimer un sourire :

— Mais en ce qui concerne les femmes et les chevaux, elle est souvent nécessaire.

— Je compatis pour les bêtes de votre écurie, señor.

Tout en parlant, Cañuela redressa la tête. Elle aurait aimé ne pas avoir ses lunettes afin qu'il pût lire le défi dans ses yeux.

Ramón de Lopez ajouta ensuite d'un ton plus calme, en faisant, pensa-t-elle, un effort pour se maîtriser :

— Vous disiez que vous aviez deux raisons pour ne pas porter mes orchidées. Quelle est la seconde?

— Je n'aime pas les orchidées.

Un sourire se dessina au coin de ses lèvres, comme s'il s'était attendu à une explication plus complexe.

— On dit que les femmes ressemblent aux fleurs, déclara-t-il. Vous avez raison! L'orchidée n'est pas la fleur qui vous convient.

Il s'interrompit un instant avant d'ajouter :

— Auriez-vous une idée de celle qui vous va?

— Pourquoi pas des gueules-de-loup?

Ramón de Lopez éclata d'un rire sincère.

— Vous me surprendrez toujours, miss Gray! Je ne pourrais imaginer cette réponse dans la bouche d'aucune autre femme!

Après que le serveur eut apporté un nouveau plat, Ramón de Lopez reprit :

— Je n'avais jamais réalisé auparavant combien des lèvres de femme pouvaient être expressives!

Cañuela lui jeta un regard plein de méfiance.

Elle savait bien qu'il parlait pour entretenir la conversation; cependant c'était là un sujet inattendu.

— Je sais déchiffrer les émotions que trahit le regard, dit-il; mais comme je ne peux pas voir vos yeux, je me rends compte que j'apprends à lire vos sentiments sur vos lèvres.

Inconsciemment, Cañuela fit une petite moue.

— Et maintenant vous êtes inquiète, ajouta-t-il tranquillement. Vous craignez que je réussisse à découvrir ce que vous voulez me cacher.

– Vous cherchez à me mettre dans l'embarras, dit Cañuela d'un ton accusateur.

– Pourquoi devriez-vous être embarrassée? A moins que vous n'ayez honte de ce que vous cachez?

– Je n'ai pas envie de parler de moi, señor.

– Mais moi, j'ai envie de parler de vous. Vous vous êtes constituée mon ange gardien; vous devez maintenant en subir les conséquences.

– Je vois que j'ai fait une erreur!

– Pensez à votre fierté quand je serai élu président! C'est grâce à moi! vous direz-vous.

– Vous êtes très sûr de vous, señor. La fierté précède la chute.

– Vous avez eu votre chance, miss Gray.

– Il est certain que je regretterai de ne l'avoir pas saisie!

Un nouveau plat interrompit leur conversation. Tout en mangeant, Ramón de Lopez demanda sur un ton apparemment différent :

– L'espion se trouve-t-il dans cette salle?

– Oui. Il est assis près de la porte.

Cañuela lui répéta ce que lui avait raconté la femme de chambre, à savoir qu'il avait fait changer son billet de deuxième classe.

Elle vit que Ramón de Lopez réfléchissait aux conséquences de cette information.

– Comment puis-je avertir la señora Sánchez sans avoir à me trouver seul avec elle?

Après un temps de réflexion, Cañuela suggéra d'une voix lente :

– Je pourrais demander à la femme de chambre de dire à sa domestique que cet individu a demandé des renseignements sur sa maîtresse.

Ramón de Lopez poussa un soupir de soulagement.

– Je vous en serais extrêmement reconnaissant.
Après un moment de silence, Cañuela déclara :
– J'ai une suggestion à vous faire, señor.
– Quelle est-elle?
– Je crains qu'elle ne vous semble... impertinente.
– Je ne chercherai pas à mal interpréter vos paroles.
– Alors, pourquoi, pendant le reste de la traversée, ne coucheriez-vous pas sur le papier les idées que vous avez en ce qui concerne l'avenir de l'Argentine? (Comme il ne répondait pas, elle poursuivit, consciente d'éveiller son attention :) On a souvent l'impression que les différents services gouvernementaux travaillent chacun de leur côté, sans qu'il y ait véritablement de politique nationale.
– C'est exact.
– Mais s'il existait un plan général de développement – ce qui n'a pas été fait dans les dernières années – l'Argentine, avec ses énormes ressources naturelles, pourrait devenir un pays encore bien plus riche.

Cañuela avait parlé sur un ton très sérieux. Quand elle se tut, Ramón de Lopez l'interrogea d'une voix un peu incrédule :
– Comment diable pouvez-vous bien savoir tout cela?

Cañuela tressaillit. Elle s'était laissé entraîner par son idée sans se rendre compte que, pour son propre bien, elle en disait trop. Aussi s'empressa-t-elle de répondre pour essayer de réparer son erreur :
– Je... j'ai... lu un bon nombre des... livres et magazines qui se trouvaient dans votre bureau de Londres.

Ramón de Lopez lui lança un regard pénétrant, comme s'il mettait en doute sa réponse. Mais il était trop intéressé par sa suggestion et il se mit à y réfléchir. Il déclara enfin :
– Je crois qu'il faudrait rédiger une brochure avec

faits et chiffres à l'appui, qui serait ensuite distribuée à tous les membres du gouvernement.

– C'est ce que j'espérais vous entendre dire.

Il haussa les sourcils.

– Ce n'est pas tout à fait le sentiment qui convient à une ennemie, miss Gray.

Cañuela répliqua avec un léger sourire :

– En cas d'urgence, il faut bien que tout le monde se donne la main !

Ramón de Lopez rejeta la tête en arrière et, sans plus essayer de s'en empêcher, éclata de rire.

Pendant les dix jours qui suivirent, Cañuela travailla plus qu'elle ne l'avait jamais fait.

Elle put se rendre compte que, lorsque Ramón de Lopez était enthousiasmé par un projet, toutes ses pensées, toute son imagination étaient mobilisées.

Elle avait du mal à le persuader qu'il devait lui laisser du temps pour taper à la machine ce qu'elle prenait en notes. Ce n'est que parce qu'il avait besoin d'un peu d'exercice, qu'il consentait à mettre un terme à de longues séances de dictée, lui permettant ainsi de retourner dans sa cabine devant sa machine à écrire.

Il y avait également des télégrammes codés à envoyer et, à la fin de la journée, Cañuela put se dire plus d'une fois qu'elle méritait bien l'argent qu'elle gagnait. Elle ne se sentait plus aussi coupable de recevoir la somme importante consentie par son employeur.

Par ailleurs, elle était absolument fascinée. Elle se rendit compte que, comme elle le pensait, Ramón de Lopez connaissait parfaitement la situation financière de l'Argentine, et elle découvrit en outre qu'il avait des idées révolutionnaires en ce qui concernait l'avenir de son pays.

– Je crois, dit-il un jour à Cañuela, que notre prospérité est indissolublement liée à la Grande-Bretagne.

Le gouvernement britannique avait déjà investi de grosses sommes en Argentine, mais la crise qui, quatre ans plus tôt, avait affecté la Baring Bank avait déçu et ébranlé la confiance des investisseurs privés.

Il y avait eu en outre l'inflation galopante, les manifestations de rue, l'émission illégale de devises et la faillite de plusieurs sociétés de chemins de fer.

Ces difficultés, ajoutées à d'autres, avaient évidemment rendu les investisseurs méfiants, mais il était essentiel pour son expansion que l'Argentine soit soutenue par des entreprises banquières britanniques.

— Ce qu'il y a d'encourageant, déclara Ramón de Lopez, c'est que la communauté britannique consomme une quantité de plus en plus importante de produits argentins.

— Mais je suppose que ce n'est pas suffisant? dit Cañuela.

— Pas tout à fait, répondit-il. Pour le moment nous réalisons notre expansion dans les conditions difficiles créées par la chute des prix, ce qui fait que les termes des contrats ne sont guère favorables à l'Argentine.

— Mais vous bénéficiez toujours d'une main-d'œuvre bon marché et d'une abondance de terres vierges, fit remarquer Cañuela.

De nouveau, il lui jeta un coup d'œil, l'air surpris devant tant de connaissances. Mais il était trop intéressé par son sujet pour relever ses paroles comme il aurait pu le faire en d'autres circonstances.

— Ce qu'il nous faudrait, en vérité, c'est une guerre! dit-il.

Cañuela le dévisagea, l'air horrifié.

— En Argentine?

— Non, bien sûr que non! Mais quelque part dans le monde. Une guerre exige des dépenses importantes, et nous pourrions fournir des chevaux, du cuir, de la viande de bœuf et de mouton, du blé et de la laine.

— Je pense que vous pouvez vendre ces pro-

duits également en temps de paix, dit Cañuela.
— Je l'espère, répliqua Ramón de Lopez. Mais une guerre précipiterait le commencement de cet âge d'or qui, j'en suis convaincu, nous attend dans l'avenir.

Parfois il semblait impatient de poursuivre le travail quand il était l'heure de s'habiller pour le dîner ou même de descendre déjeuner. Mais à d'autres moments il se montrait plus prévenant.

— Est-ce que je vous mène la vie dure? demandait-il. Pardonnez-moi, mais c'est votre faute car vous m'avez donné l'inspiration.

— Vraiment?

— A qui d'autre pourrais-je devoir cette idée? Je n'y avais pas pensé jusqu'à ce que vous me la suggériez. (Il se leva pour faire quelques pas dans la cabine.) Qui a dit que tout était pour le mieux dans le meilleur des mondes possibles?

— Voltaire, il me semble.

— Il parlait fort justement en ce qui me concerne. Sans vous, et sans ce que l'on pourrait appeler un problème amoureux, ce rapport n'aurait jamais été rédigé!

— Vous le considérez vraiment comme une chose importante? demanda Cañuela.

— J'y crois! et je forcerai le gouvernement à y croire également!

Il parlait avec une détermination tranquille qui donnait à Cañuela l'impression qu'il arriverait à ses fins.

Puis il ajouta :

— Je vous ai dit que vous seriez fière de moi.

Elle repensa à cette réflexion après le dîner tandis qu'elle retournait vers sa cabine.

Depuis le jour où ils avaient quitté Madère, et où le détective était apparu dans la salle de restaurant, Ramón de Lopez n'était pas retourné à la table du capitaine.

Chaque soir il apportait à la table de Cañuela des papiers et parfois des livres.

De temps en temps, ils faisaient semblant de les consulter, et il leur arrivait de gribouiller quelques mots sur une feuille de papier comme s'ils prenaient des notes.

Leurs faits et gestes, en effet, ne passaient pas inaperçus. Cañuela voyait bien que, chaque soir, la señora Sánchez gardait les yeux fixés sur eux.

Elle paraissait maussade et pleine de rancœur, comme un enfant que l'on prive d'un jouet.

Cependant, c'était une satisfaction de penser que le détective perdait le temps et l'argent de son employeur, car il ne pouvait vraiment avoir le moindre événement à noter dans son rapport.

Au lieu de se retirer après le dîner comme le faisait Cañuela, Ramón de Lopez se rendait dans la salle de jeu, et sa chance phénoménale devint bientôt le sujet de conversation de tout le navire.

— Le señor a gagné une énorme quantité de pièces d'or la nuit dernière, racontait la femme de chambre qui aimait bavarder avec Cañuela. A ce rythme-là, la moitié des passagers vont descendre à Buenos Aires les poches vides et avec des dettes pendues à leur cou comme des boulets!

— Je suppose qu'ils en ont les moyens! fit remarquer Cañuela.

— C'est un fait, répondit la femme de chambre. D'après ce que l'on m'a dit, il y aurait au moins une douzaine de millionnaires sur le pont des premières classes!

Même si Cañuela avait eu envie de se mêler aux autres passagers, ce qui n'était pas le cas, elle n'en aurait pas eu la moindre occasion. Lorsqu'elle ne se trouvait pas avec Ramón de Lopez, elle tapait à la machine.

Pleine d'enthousiasme, elle aussi, pour le travail

qu'ils effectuaient, elle devait se forcer pour aller faire un tour sur le pont matin et soir.

Il faisait de plus en plus chaud, et elle se penchait par-dessus le bastingage pour regarder les dauphins s'ébrouer dans la mer bleue, ou se contentait simplement d'apprécier la chaleur du soleil sur sa peau.

Ils se rapprochaient chaque jour un peu plus de la fin du voyage, et Cañuela commençait à se demander ce qu'elle éprouverait alors. Elle avait un peu l'impression de vivre sur une toute petite île, seule en compagnie de Ramón de Lopez.

Il lui était difficile de s'en tenir à l'attitude froide et réservée qu'elle avait adoptée au départ, et tout à fait impossible de continuer à lui répondre par monosyllabes.

Souvent, il s'arrêtait de dicter pour discuter avec elle d'un point particulier, non seulement parce qu'il désirait avoir son opinion, mais aussi parce qu'il cherchait à savoir si ses déclarations auraient l'impact voulu sur son auditoire.

Il arrivait à Cañuela de ne pas être d'accord avec lui. Ils discutaient alors impitoyablement, et Cañuela se demandait par la suite pourquoi elle ne se contentait pas de le laisser agir à sa guise. En quoi cela pouvait-il lui importer que ce rapport fût ou non un succès?

Puis elle se dit que si elle agissait ainsi, c'était pour un pays qu'elle avait toujours aimé et auquel son père avait donné tant d'années de sa vie.

Elle n'avait qu'à penser à son père pour souffrir de nouveau cruellement en sachant que Ramón de Lopez l'avait abandonné au moment où il aurait eu le plus besoin de son amitié. C'est dans ces moments-là qu'elle se répétait :

– Je le hais!

Mais, d'une certaine manière, les mots semblaient avoir perdu la passion qu'ils contenaient encore à Londres.

Chaque jour elle écrivait à sa mère, poursuivant une lettre qu'elle rédigeait presque comme un journal, pour que Mrs Arlington puisse savoir exactement ce qui s'était passé depuis leur séparation. Mais Cañuela avait de plus en plus de mal à décrire ses relations avec son employeur.

Il lui était difficile de demeurer aussi froide qu'il l'avait accusée de l'être, de lui montrer la même indifférence, voire la haine qu'il trouvait si insupportable.

Jamais, auparavant, elle n'aurait imaginé que cela pût être aussi passionnant de parler avec un homme. Il ne lui était jamais arrivé de déjeuner ou de dîner seule en compagnie d'un homme, en dehors de son père. Depuis qu'elle était adulte, elle n'avait pas eu l'occasion de converser avec un gentilhomme, et encore moins avec un gentilhomme intelligent!

Elle se rendait compte de l'ouverture qui s'opérait dans son esprit. Elle se découvrait des idées nouvelles et une connaissance de l'histoire de son époque plus approfondie qu'elle ne le pensait.

D'autre part, même lorsque la conversation touchait à des sujets plus personnels, elle trouvait amusant et passionnant de riposter aux attaques avec vivacité.

C'était un véritable duel; ils se livraient un combat dans lequel aucun des deux ne sortait vainqueur et, lorsqu'ils déposaient les armes, c'était avec la certitude de les reprendre le lendemain.

Un soir, après une longue séance de travail, alors que le rapport était presque terminé, Ramón de Lopez commanda du champagne pour le dîner.

— Nous le méritons aussi bien l'un que l'autre! dit-il. Vous êtes une patronne sans merci, miss Gray! Jamais je n'ai passé autant de temps de pure activité cérébrale que pendant cette traversée!

— Mais ce n'est pas sans résultat, fit remarquer Cañuela.

– Grâce à vous. (Il leva son verre.) A la secrétaire la plus compétente du monde! (Il but un peu et leva de nouveau son verre.) A la femme aux lèvres mystérieuses!

Surprise par ces paroles, Cañuela sentit ses joues s'empourprer.

– N'allez pas tout gâcher, supplia-t-elle.
– Qu'est-ce que je pourrais gâcher? Une relation de bureau?

Comme elle ne répondait pas, il ajouta :
– Pouvez-vous vraiment vous considérer comme une employée ordinaire, une dactylographe que j'ai engagée par hasard par l'intermédiaire d'un bureau de placement?

Cañuela se taisait toujours.
– Nous sommes allés beaucoup plus loin que ça, vous et moi. Mais vous me cachez toujours quelque chose. Vous êtes toujours la femme au secret!

Cañuela reposa son verre.
– Il me semble, señor, que si le rapport doit être terminé avant notre arrivée, je ferais mieux de retourner dans ma cabine. Il me reste au moins deux heures de travail avant de me coucher.

Ramón de Lopez répliqua, les yeux pétillants :
– Toujours en train de vous enfuir? De quoi et vers qui?
– Cette question doit demeurer sans réponse.
– Seulement parce que vous refusez de m'en donner une.
– Je ne le ferai jamais, déclara-t-elle.

Elle se leva, de telle sorte qu'il se trouva obligé d'en faire autant, ramassa une pile de papiers qu'il avait apportée et quitta la salle de restaurant.

Arrivée dans sa cabine, elle se dévêtit, mit sa chemise de nuit et un joli déshabillé de mousseline orné de dentelle qui avait appartenu à sa mère.

Puis, elle se brossa les cheveux.

Elle savait que si elle ne le faisait pas de bonne heure, elle était généralement trop fatiguée pour le faire après son travail.

Il y avait des années, lorsqu'elle était encore enfant, elle avait promis à sa mère de donner au moins cent coups de brosse à sa chevelure chaque soir.

– Tu as de si beaux cheveux, ma chérie! avait dit Mrs Arlington. Ils ne sont pas de la même couleur que les miens ou ceux de ton père, mais de la couleur de ceux de ta grand-mère. Elle était considérée comme l'une des femmes les plus belles de son temps, à l'époque où la reine Victoria monta sur le trône.

– Je ne peux pas croire qu'elle fût plus belle que toi, maman.

– Beaucoup, beaucoup plus jolie. Tous les grands artistes la voulaient comme modèle. Son portrait apparaissait chaque année à l'exposition de l'Académie royale, et l'on dit que la jeune reine était jalouse d'elle, ce qui n'est guère surprenant!

– Et mon grand-père, était-il bel homme?

– J'ai cru, jusqu'à ce que je rencontre ton père, que c'était le plus bel homme du monde.

Mrs Arlington avait dit ces mots sur un ton douloureux qui prouvait à Cañuela qu'elle avait dû profondément aimer son père.

– N'as-tu pas eu de peine à quitter ta famille pour épouser papa?

– Je détestais décevoir mon père et avais toujours voulu agir selon ses désirs, répondit Mrs Arlington. Mais l'amour est un sentiment plus fort que tout.

– Tu veux dire qu'à partir du moment où tu es tombée amoureuse de papa, plus personne ne comptait?

– Personne! C'est ainsi lorsque l'on est amoureux. L'amour est une passion irrésistible, incontrôlable. Je n'avais plus les pieds sur terre, j'étais ensorcelée, émerveillée, et je savais...

Elle s'interrompit.

– Qu'est-ce que tu savais, maman? interrogea Cañuela.

– Je savais, reprit Mrs Arlington à mi-voix, que sans ton père je n'aurais plus envie de vivre. (Elle poussa un petit soupir et ajouta en souriant :) Voilà ce qui arrive lorsque l'on est amoureux, Cañuela! Il n'y a plus qu'une personne au monde. Tout le reste, tous les autres disparaissent. Tu lui appartiens comme il t'appartient, et n'importe quel sacrifice en vaut la peine. Alors, on sait que l'on est vraiment amoureux!

« J'espère connaître un jour la même chose », s'était dit Cañuela à l'époque.

Maintenant, elle pensait que sa vie serait faite de travail, et qu'il n'y aurait place pour rien d'autre.

Néanmoins, même si elle parvenait à accepter la froide austérité d'une telle perspective, elle ne pouvait s'empêcher d'éprouver un certain plaisir en voyant ses cheveux se répandre sur ses épaules en amples ondulations d'or roux.

C'était également un soulagement de pouvoir retirer ses lunettes. Au moins, elle pouvait taper à la machine sans être obligée de les porter. Elle devait faire un effort pour déchiffrer sa propre sténographie à travers les verres teintés et, de plus, ces lunettes pesaient lourdement sur son petit nez.

Cañuela en était à son centième coup de brosse lorsque l'on frappa à sa porte. Elle répondit « Entrez! » et la femme de chambre passa la tête à l'intérieur de la cabine.

– Pourriez-vous me donner un coup de main, miss Gray? Vous seriez un ange.

– Bien sûr, répondit Cañuela. Que puis-je faire pour vous?

– Pourriez-vous donner le biberon au bébé de la señora Pinto? Vous vous souvenez, c'est la dame à qui vous avez fait porter les orchidées.

— Oui, certainement, je m'en souviens.

La femme de chambre pénétra plus avant dans la cabine et Cañuela vit qu'elle portait un petit bébé enveloppé dans un châle blanc.

— Sa maman ne se sent pas bien ce soir, expliqua la femme de chambre. Quand je lui ai apporté le lait, elle ne semblait pas avoir assez de force pour le donner à l'enfant.

— Je vais m'en occuper, fit Cañuela en souriant.

— Je ne vous l'aurais pas demandé, miss Gray, reprit la femme de chambre, si je n'avais à répondre à une demi-douzaine de coups de sonnette tandis que les deux autres femmes de chambre sont allées dîner. Dieu seul sait pourquoi elles ne sont pas encore revenues! Je me retrouve toute seule!

— Ne vous inquiétez pas, dit Cañuela. Il a l'air d'un gentil bébé.

— C'est vrai, lorsqu'il n'a pas faim!

Comme s'il s'était rendu compte que c'était à son tour de donner la réplique, le bébé se mit à pleurer. Cañuela le prit dans ses bras, et la femme de chambre lui tendit le biberon avant de disparaître.

A différents moments de sa vie, Cañuela s'était occupée de bébés.

A l'époque où elle voyageait avec ses parents, il se trouvait toujours des enfants dont les parents diplomates n'avaient parfois pas assez de temps pour les garder ou jouer avec eux. Or, Mrs Arlington était quelqu'un vers qui chacun se tournait en cas de difficultés. A une époque, lorsqu'une épidémie de rougeole frappa Lisbonne, pas moins de trois jeunes enfants demeurèrent chez eux pour ne pas être contaminés par leurs frères et sœurs qui avaient déjà succombé à la maladie.

Le bébé téta avidement son biberon et, après l'avoir vidé, il s'endormit dans les bras de Cañuela.

C'était un bel enfant qui avait manifestement hérité de ses ancêtres espagnols son teint de magnolia, et des mèches de cheveux bruns commençaient tout juste à pousser sur son joli crâne rond.

Cañuela le berça tendrement et ne put s'empêcher de se demander s'il lui arriverait un jour de tenir dans ses bras un enfant à elle.

Elle savait que, dans la vie qu'elle envisageait, la maternité n'avait pas de place, mais quelque chose en elle se révoltait contre cette pensée. Elle voulait avoir des enfants. Elle voulait les aimer et être aimée d'eux. Puis elle songea que pour cela il fallait également l'amour d'un homme.

Elle se demandait ce que cela pourrait être d'éprouver pour un homme un amour tel que sa mère le décrivait, de savoir que plus rien ne compterait sinon être avec lui.

Une douleur presque physique l'envahit avec cette certitude qu'aucun homme n'éprouverait jamais un tel sentiment pour elle. Comment serait-ce possible?

Elle était la fille d'un homme accusé de trahison – un homme que beaucoup considéraient comme un traître à son pays et à sa profession.

« Ce n'est pas juste! » avait-elle envie de hurler.

C'est alors que l'on frappa à la porte.

– Entrez, répondit-elle, persuadée qu'il s'agissait de la femme de chambre.

Comme la porte s'ouvrait, elle baissa les yeux sur le bébé.

– Il a été très gentil, dit-elle; et dès qu'il a fini de boire son biberon, il s'est endormi d'un profond sommeil!

Etonnée de ne pas entendre de réponse, elle releva la tête. Ce n'était pas la femme de chambre qui était devant la porte, mais Ramón de Lopez!

Cañuela se sentit pétrifiée.

Il paraissait terriblement grand et imposant dans la cabine, et elle avait l'impression qu'il envahissait tout l'espace tandis qu'il la dévisageait.

Puis elle se rendit compte qu'elle portait seulement un déshabillé de mousseline sur sa chemise de nuit, que ses cheveux tombaient librement sur ses épaules et qu'elle ne portait pas les lunettes qui la défiguraient habituellement.

Quant à Ramón de Lopez, il était fasciné par ses yeux gris-vert, immenses au milieu de son petit visage.

Elle ouvrit la bouche de stupéfaction, mais elle avait l'impression de ne presque plus pouvoir respirer.

Il y eut un long, très long silence.

– Ainsi, voilà pourquoi vous dissimulez vos yeux! fit-il enfin à voix basse.

Cañuela dut faire un effort pour parler à son tour.

– Que...que voulez-vous?

Elle ne pouvait pas bouger, à cause de l'enfant qu'elle tenait dans ses bras. D'autre part, sans savoir pourquoi, elle n'arrivait pas à détacher son regard de Ramón de Lopez.

Il répondit après un moment d'hésitation, comme s'il essayait de rassembler ses idées.

– Je suis venu vous demander le manuel de code que vous avez emporté avec les autres papiers en sortant de la salle de restaurant.

Cañuela demeura silencieuse et il ajouta, comme pour s'expliquer :

– Vous m'aviez dit que vous alliez travailler encore deux heures.

– Oui... ou... bien sûr. J'allais juste... commencer.

– Pourquoi vous déguisez-vous? fit-il brusquement, ajoutant aussitôt : C'est peut-être une question stupide!

– C'était... pour moi... la seule manière de... me sentir... en sécurité!

– Je comprends.

Cañuela avait l'étrange impression qu'ils communiquaient non pas au travers des mots qu'ils prononçaient, mais d'une tout autre manière.

C'était une sensation extraordinaire : comme si, à travers l'éternité, ils se rencontraient de nouveau après plusieurs siècles.

Enfin, elle fit un effort pour lui répondre et balbutia :

– Le... m...manuel de code est... sur mon ... b...bureau.

Tout en parlant, elle baissa les yeux sur l'enfant qui dormait contre sa poitrine, et sa chevelure blonde tomba en rideau devant son visage.

Elle entendit Ramón de Lopez faire un pas vers le bureau. Il y eut un bruissement de papiers puis il dit, du ton le plus calme possible :

– Bonne nuit, miss Gray! Je suis désolé d'avoir été obligé de vous déranger.

Cañuela ne répondit pas. Elle avait l'impression que quelque chose d'étrange, de très important, venait de se passer.

C'était comme si le rideau s'était levé sur le deuxième acte d'une pièce et qu'elle attendait la suite sans trop savoir ce qui allait arriver.

Elle devait sans doute laisser un peu trop libre cours à son imagination. Après tout, quelle importance cela pouvait bien avoir que Ramón de Lopez l'ait vue sans ses lunettes? Leur relation d'employeur à employée ne pouvait guère s'en trouver modifiée.

Elle lui avait dit qu'elle le haïssait et, si elle continuait à se montrer aussi exaspérante à son égard, elle savait que tout continuerait comme avant.

Cependant, elle éprouvait une certaine appréhension.

Le lendemain matin, Cañuela s'arrangea pour se trouver dans le salon de Ramón de Lopez avant qu'il ne revienne de son exercice matinal.

Tout en s'habillant, elle s'était dit qu'elle ne pourrait jamais entrer dans la pièce en sachant qu'il aurait les yeux fixés sur elle et qu'il mourrait d'envie de lui poser des questions auxquelles elle n'avait aucune réponse à donner.

Elle alla donc s'installer sur son siège habituel et posa les feuilles dactylographiées déjà terminées sur une table à côté d'elle. Elle posa également la pile de livres qu'ils avaient utilisés pour leurs recherches en les ouvrant aux pages appropriées.

Il entra dans la cabine et, sans raison apparente, elle sentit son cœur battre plus vite.

« Je suis ridicule, se reprocha-t-elle. Il n'avait aucun droit de venir ainsi dans ma cabine et, si c'est un gentilhomme, il n'y fera pas allusion. »

Ramón de Lopez s'assit à sa place habituelle. Il l'observa un moment, avant de déclarer tranquillement :

– Vous savez aussi bien que moi que ces lunettes sont mauvaises pour votre vue. Lorsque nous sommes seuls, vous n'avez plus aucune raison de les porter.

– Je préfère les garder, répondit Cañuela.

Sans trop savoir pourquoi, il lui semblait qu'elles étaient sa sauvegarde et qu'elle devait s'y cramponner.

– C'est absurde! dit Ramón de Lopez. Vous les portiez pour une raison qui n'existe plus maintenant. (Il ajouta au bout d'un moment :) Je comprends bien qu'une femme avec un physique comme le vôtre ne pourrait pas travailler dans un bureau ordinaire sans être obligée de supporter les affronts intolérables d'hommes qui seraient incapables de la laisser tranquille. (Il poursuivit, tandis que Cañuela gardait les yeux baissés :) Mais, en ce qui me concerne, vous avez clairement exprimé votre antipathie, et je vous assure que je suis tout à fait conscient de tout ce qui vous déplaît en moi. C'est pourquoi, je suggère que vous abandonniez ce déguisement, désormais parfaitement inefficace.

Cañuela hésita un moment.

Ses lunettes étaient devenues pour elle une véritable armure et elle craignait de se sentir vulnérable si elle les abandonnait. Mais l'argument qu'il avait donné était irréfutable.

De plus, si elle refusait, il pourrait croire qu'elle avait peur qu'il ne lui fasse des avances.

Cet argument était donc double, et il serait plus digne d'accepter de bonne grâce, plutôt que de le laisser continuer à discuter, comme il le ferait certainement.

D'un geste quelque peu théâtral, elle retira donc ses lunettes.

– Très bien, señor, mais je continuerai à porter ce que vous appelez mon « déguisement » à l'extérieur de cette cabine. Sans cette condition, ma mère ne m'aurait pas autorisée à faire ce voyage.

Tout en parlant, elle sentit que ses paroles pouvaient sembler un peu prétentieuses et elle rougit en ajoutant à mi-voix :

– Cela n'est pas tout à fait... vrai... car... en fait je n'avais pas le choix!

– Ce dont je vous suis très reconnaissant! répliqua Ramón de Lopez d'un ton conventionnel. Si nous nous mettions au travail?

Elle se rendait compte qu'il faisait preuve de beaucoup de tact pour l'aider à passer un moment embarrassant et, avec reconnaissance, elle attendit qu'il lui dictât les premiers mots.

Le compte rendu fut achevé ce jour-là.

Dès lors, pensait Cañuela, elle n'aurait plus aucune raison de se rendre dans le salon de Ramón de Lopez, si ce n'est pour aller lui porter les feuilles dactylographiées une fois qu'elle aurait terminé.

Elle portait toujours ses lunettes pendant les repas,

mais elle avait désormais l'impression qu'il cherchait à voir ses yeux au travers.

Il ne disait rien qui, d'une manière ou d'une autre, pût être mal interprété mais, par un instinct tout féminin, elle savait qu'il éprouvait une certaine admiration pour elle.

Elle ne pouvait oublier l'expression de son visage au moment où, en entrant dans sa cabine, il l'avait vue avec l'enfant endormi dans ses bras.

« Et pourtant, il n'y a aucune comparaison entre la señora Sánchez et moi », pensait Cañuela.

Mais elle savait que grâce au travail qu'ils avaient fait ensemble, Ramón de Lopez se sentait plus proche d'elle qu'il ne l'avait jamais été d'aucune autre femme.

Il pouvait faire la cour à d'autres femmes, les désirer, mais elle, elle avait stimulé son intelligence, elle lui avait apporté une aide précieuse. Il restait à savoir combien de temps encore elle continuerait à lui être utile.

Curieusement, il lui semblait qu'il n'essayait plus de la mettre au défi comme il le faisait au début de la traversée. Il désirait apparemment connaître son opinion sur un nombre incalculable de sujets, mais qui concernaient toujours des problèmes impersonnels et politiques. Néanmoins, Cañuela était flattée de le voir écouter attentivement ce qu'elle avait à dire.

Et pourtant c'était un homme, et il avait pu la voir sans défense, vêtue d'un simple déshabillé, ses cheveux tombant librement sur ses épaules!

Un homme!

Lorsqu'ils commencèrent à apercevoir dans le lointain la côte sud-américaine, vers l'ouest, Cañuela ressentit, contrairement à ce qu'elle attendait, une certaine appréhension.

« Qu'est-ce qui m'attend désormais? se demanda-t-elle. Le señor va-t-il décider que je ne lui suis plus d'aucune utilité? »

Il devait y avoir à Buenos Aires des douzaines de personnes déjà à son service pour effectuer le travail qu'elle faisait. Lui demanderait-il de repartir immédiatement en Angleterre?

Jamais il n'avait fait allusion au moment où son engagement prendrait fin, et elle n'oubliait pas qu'elle avait son billet de retour dans son sac à main. A n'importe quel moment il pouvait la remercier et elle n'aurait plus qu'à repartir.

Que ferait-elle en se retrouvant à Londres toute seule? Comment pourrait-elle supporter de rester dans la chambre de Bloomsbury sans sa mère?

Pour tous les autres passagers la fin de la traversée était marquée par l'émotion qu'ils ressentaient à l'idée de rentrer chez eux et l'on commençait à déceler certains signes d'impatience.

Les officiers avaient l'air plus élégants et les matelots étaient tous occupés à astiquer, peindre, lessiver le moindre recoin du navire.

Le bleu éclatant de l'Atlantique commença à céder la place aux teintes boueuses du Rio de la Plata. C'étaient les Espagnols qui avaient donné à l'estuaire ce nom qui signifiait Fleuve d'Argent, mais ne correspondait à rien sinon à leur propre rêve.

Les eaux du Rio de la Plata étaient en effet envahies par la vase qui provenait des grandes plantations et par des restes de végétation pourrissante venus des immenses forêts. Le fleuve ne traversait aucune « région riche en mines d'argent ».

Cañuela, sur le pont, contemplait dans le lointain les dômes, les coupoles et les flèches des clochers de Buenos Aires que l'on commençait à apercevoir. Sans même tourner la tête, elle sut que Ramón de Lopez était à ses côtés.

— Est-ce la fin ou le début d'une aventure? interrogea-t-il.
— Je suppose que c'est la... fin, répondit Cañuela, tout en ayant conscience du ton triste et déprimé de sa propre voix.
— Ce sera à vous de décider, rétorqua-t-il. Chacun construit sa destinée.
— Ce n'est pas toujours vrai, dit Cañuela qui pensait à son père.
— Je pense que vous vous rendrez compte que c'est vous qui allez construire la vôtre!

Elle lui lança un coup d'œil dubitatif, car elle ne voyait pas ce qu'il voulait dire.

Détournant le regard en direction de la ville, vers les mâts et les navires alignés de chaque côté de l'estuaire, il reprit:
— En fait, je suis venu vous demander ce qu'à votre avis je devrais faire des boîtes d'orchidées qui sont restées dans la chambre froide.

Un léger amusement perçait dans sa voix, comme s'il se doutait que Cañuela s'était attendue à une question plus grave ou plus difficile.
— Je pense que les femmes de chambre seraient ravies de pouvoir les porter à leur corsage pour descendre à terre; vous devriez les leur offrir.
— C'est ce que je vais faire. Et, si cela vous intéresse, j'ai trouvé à quelle fleur vous ressemblez.
— Laquelle?
— Je ne crois pas que vous la connaissiez, dit-il. Elle est connue des Argentins sous le nom de *lagrimas de la Virgen*.

Avant que Cañuela ait pu répondre, il s'était éloigné. Tout en contemplant toujours le fleuve, elle se rappelait sans peine à quoi ressemblaient les *lagrimas de la Virgen*, ces fleurs dont le nom signifiait les *larmes de la Vierge*. C'était un petit lis au parfum merveilleux, qui poussait en touffes comme des buissons. Chaque plante était composée de vingt ou trente tiges de quatre-vingts centimètres environ. Au moment de la floraison, chaque racine donnait naissance à une douzaine de fleurs au moins, qui poussaient une à une parmi les feuilles et ressemblaient assez, par leur forme et leur taille, à l'églantine.

Mais le plus étrange en ce qui concernait les *lagrimas de la Virgen*, c'était qu'aussitôt cueillies, leurs jolis et délicats pétales se mettaient à tomber.

A cause de l'extrême fragilité et délicatesse de cette fleur, les gens de la campagne lui reconnaissaient un pouvoir quasi surnaturel, tel qu'aucun être humain ne pouvait se l'approprier.

Puis, un autre souvenir revint à l'esprit de Cañuela.

Les *gauchos* dans le Sud donnaient à ces fleurs un nom différent – ils les appelaient des *larmes d'Amour*.

5

Cañuela avait empaqueté toutes ses affaires, ainsi que les livres et les papiers de Ramón de Lopez, quand elle s'aperçut qu'elle avait laissé dans son salon une boîte de crayons.

La cabine était vide et elle alla jusqu'à la table où elle avait laissé les crayons, devant la chaise sur laquelle elle s'asseyait généralement pour prendre des notes.

Comme elle les ramassait, Ramón de Lopez entra par la porte qui ouvrait sur sa chambre.

En la voyant, il comprit que Cañuela était déjà prête à débarquer. Elle portait l'élégante robe de voyage bleue qui avait appartenu à sa mère.

Il faisait suffisamment chaud pour qu'elle n'ait pas besoin de revêtir la cape assortie qui était chaudement doublée, mais elle pensait mettre au dernier moment une veste courte boutonnée à la taille.

Son chapeau était plus sophistiqué qu'aucun de ceux qu'elle avait portés en Angleterre. De même que la robe, il venait de Paris et possédait ce chic indéfinissable que l'on n'avait encore pu égaler nulle part ailleurs.

– Vous n'avez rien oublié, miss Gray? demanda Ramón de Lopez.

– Je l'espère, señor.

– Mes serviteurs seront là pour s'occuper des malles, expliqua-t-il, et une voiture nous attendra au quai pour nous conduire chez moi. (Il s'interrompit et ajouta au bout d'un moment :) Je donnerai un pourboire à votre femme de chambre.

– Ce n'est pas la peine, señor, répondit Cañuela. Je suis contente de ses services et je lui donnerai ce qui convient.

– Vous aurez certainement besoin de cet argent pour autre chose.

– Je préfère cependant donner moi-même son pourboire à ma femme de chambre.

Visiblement, sa réponse déplut à Ramón de Lopez.

– Au nom du ciel! s'écria-t-il. Etes-vous toujours obligée de discuter le moindre détail? C'est moi qui donnerai un pourboire à tout le personnel de ce paquebot, ainsi que je l'ai toujours fait.

Il paraissait tellement irrité que Cañuela expliqua avec un peu d'hésitation :

– Vous m'avez déjà... tant donné, et j'ai ma... fierté.

– Votre fierté! C'est vous, miss Gray, qui m'avez rappelé que la fierté précède la chute, et, un jour, c'est ce qui va vous arriver.

Cañuela le regarda avec stupéfaction.
- Que voulez-vous... dire?
- Je veux dire, rétorqua-t-il assez brutalement, qu'il arrivera un jour où vous serez humble, douce et tendre, pleine de compassion, et le visage baigné de larmes!

Et il ajouta, tandis que, derrière ses lunettes, Cañuela le dévisageait toujours, l'air suffoqué :
- Quand vous pleurerez, alors, vous saurez que vous êtes amoureuse!

Elle aspira une large bouffée d'air.
- Cela, señor, répliqua-t-elle tranquillement, c'est quelque chose qui ne m'arrivera jamais! Par ailleurs, vous pouvez donner son pourboire à la femme de chambre!

Elle quitta la cabine en refermant la porte derrière elle. C'est seulement en se retrouvant dans le couloir qu'elle se rendit compte qu'elle tremblait d'une manière inexplicable.

« Pourquoi se met-il à ce point en colère contre moi? » se demanda-t-elle.

Pourquoi, alors qu'elle essayait de se conduire de la manière qui lui semblait la plus correcte, fallait-il que cela le mette dans une telle fureur?

Ses questions demeurèrent sans réponses et, vingt minutes plus tard, elle vit que le navire était à quai, les passerelles en place et qu'il était temps de débarquer.

Avant que les passagers puissent descendre, toute une foule d'amis et de relations envahirent le paquebot. Et Cañuela se rappela les jours anciens, quand de nombreux fonctionnaires de la légation et une multitude d'amis de ses parents étaient toujours là pour les accueillir.

Ils apportaient des fleurs à sa mère, et généralement des boîtes de chocolat pour elle-même. C'était toujours un spectacle extraordinaire que ce retour, et il y avait tant de choses à se raconter de part et d'autre.

Il lui semblait étrange que, cette fois, personne ne vienne même lui parler.

Elle aperçut le señor Juan Sánchez, avec ses traits lourds et son teint coloré, qui accueillait sa femme, puis observait la foule des passagers qui attendaient pour débarquer, en dévisageant chacun d'eux.

Il sembla à Cañuela, mais peut-être était-ce seulement dû à son imagination, qu'au moment où ses yeux se posèrent sur Ramón de Lopez, il fronça les sourcils.

Néanmoins, il s'avança à sa rencontre pour lui tendre la main.

– Comment allez-vous, Lopez? On m'avait dit que vous seriez peut-être à bord de ce navire.

– Heureux d'être de retour, répondit Ramón de Lopez.

Il se tourna vers la señora, qui avait suivi son mari, et dit d'un ton conventionnel, en ôtant son chapeau :

– J'espère, señora, que vous avez fait une bonne traversée? Je regrette que nous n'ayons pas pu nous voir plus souvent mais, malheureusement, j'ai dû consacrer tout mon temps à mes affaires.

– Vos affaires? interrogea le señor Sánchez d'un ton soupçonneux.

– Je vous en parlerai plus tard, promit Ramón de Lopez. Il s'agit d'un projet que je désire porter à la connaissance du gouvernement, et je pense qu'en tant que ministre des Finances il pourra vous intéresser tout particulièrement.

Sur ces mots, il se détourna et fit signe à Cañuela de le précéder pour descendre la passerelle. Bon nombre de ses amis attendaient sur le quai, afin d'accueillir Ramón de Lopez et échanger quelques mots avec lui à son arrivée.

Enfin, il parvint à se libérer et prit place au côté de

Cañuela dans un élégant cabriolet tiré par deux chevaux de race et ils sortirent du port, en direction du centre de la ville.

En revoyant Buenos Aires, Cañuela avait l'impression de revenir dans le passé. Chaque rue lui semblait familière et indissolublement liée à son enfance.

Avec le nom des différents quartiers lui revenaient également toute leur musicalité, leur enchantement féerique.

Palermo et son infinité de jardins; La Recoleta et ses vieux arbres ombragés; El Pasque Lezama avec ses combes mystérieuses et La Costanera avec sa magnifique promenade bordée de hauts peupliers. Tout cela appartenait au monde merveilleux de Buenos Aires, tel que son père le lui avait décrit en lui racontant l'histoire de l'Argentine.

Au début, les Espagnols avaient négligé la ville, car seul l'or les intéressait, et la faune naturelle, excepté les autruches, n'offrait rien qui fût négociable à l'étranger.

Mais, dressée le long du vaste fleuve couleur fauve, la cité devait s'agrandir de plus en plus et, en se développant, elle allait devenir ce mélange d'austérité britannique associée aux patios pittoresques du vieux Lima.

Ramón de Lopez conduisait en silence depuis un certain temps et, lorsqu'ils arrivèrent dans la partie centrale de la ville, Cañuela poussa une exclamation. Des drapeaux et des pavillons décoraient toutes les rues et les maisons.

Des hommes étaient occupés à tendre des bannières au travers de la chaussée, d'autres accrochaient des étoffes autour des réverbères et dressaient des arches qui seraient, la nuit, illuminées par des boules de gaz.

Cañuela se rappela soudain la date du jour, tandis que Ramón de Lopez expliquait :

– Demain, c'est le 25 mai, le jour de l'Indépendance. Vous allez voir Buenos Aires en fête!

– Ces décorations sont merveilleusement colorées, fit Cañuela, espérant avoir l'air suffisamment surprise, car elle ne devait pas montrer qu'elle savait quelle fête grandiose était le jour de l'Indépendance.

Il y aurait des étendards, de la musique, des processions immenses, et des feux d'artifice un peu partout.

Le Président et ses ministres, tous en tenue officielle, se rendraient dans la cathédrale où l'on chanterait le *Te Deum*.

Et puis elle savait que la population envahirait les rues, bloquant la circulation, et se rassemblerait sur les balcons pour regarder les défilés. Il y aurait un vacarme formidable car, lorsque les Argentins s'amusaient, il fallait toujours qu'ils fassent beaucoup de bruit!

Dans le moindre village, comme dans la capitale, on allumerait des feux d'artifice de l'aube au crépuscule, on lancerait des bombes et des fusées qui exploseraient au milieu des nuages avec un bruit de tonnerre.

Enfin, parce que c'était le Carnaval, les gens feraient d'innombrables plaisanteries, parfois plus grossières qu'amusantes.

Lionel Arlington avait souvent raconté à Cañuela comment le Carnaval lui avait paru déplaisant lors de son premier séjour en Argentine.

– Oser mettre le nez hors de chez soi, avait-il dit, c'était s'exposer à être la cible de centaines de tireurs invisibles.

– Et que lançaient-ils? avait demandé Cañuela.

– Des *pomitos*, c'est-à-dire des sacs de papier finement troués, remplis de farine ou de petits cailloux. Tu imagines la tentation que c'était pour les petits garçons.

Cañuela s'était mise à rire.

– Et si l'on ne recevait pas de *pomitos* en pleine figure ou sur ses vêtements, avait ajouté son père, on risquait de se faire asperger d'eau, d'être recouvert de farine ou de recevoir des œufs, voire des pierres.
– Quelle horreur! s'était écriée Cañuela.
– Ces amusements devinrent si brutaux que la police interdit de lancer de l'eau dans la ville, et désormais les *pomitos* sont supposés ne contenir rien de plus agressif que du parfum!

Le Carnaval auquel Cañuela avait assisté trois ans auparavant avait été fort pittoresque.

Elle avait pu admirer la fête depuis l'un des balcons de la légation britannique, et elle avait été ravie du spectacle des processions portant les effigies des saints.

Il y avait des groupes de jeunes gens appartenant à des associations qui défilaient en costumes folkloriques ou historiques.

Seule la bonne humeur régnait et les *gauchos*, qui prenaient part aux courses marquant le jour de l'Indépendance, demeuraient dans l'esprit de Cañuela les personnages les plus fascinants de la fête.

Bon nombre d'entre eux économisaient toute l'année pour arborer ce jour-là un équipement entièrement neuf. Ils nettoyaient et ciraient méticuleusement les harnais, taillaient la queue et la crinière de leur cheval, et c'était à celui qui exhiberait le plus de métal argenté, à la fois sur sa monture et sur lui-même.

Fiers comme des chevaliers du Moyen Age, ils poussaient en avant leur cheval pour confronter leur adresse à celle de tous les autres participants.

Les courses elles-mêmes permettaient simplement de mettre à l'épreuve l'intrépidité du cavalier, ainsi que la rapidité et l'endurance de l'animal. Mais l'un comme l'autre étaient poussés jusqu'à la limite de leurs capacités.

On accordait une grande valeur aux prix et aux

trophées, parce qu'ils prouvaient un talent équestre remarquable.

– Demain, vous pourrez regarder les défilés de chez moi, dit Ramón de Lopez. Je suppose qu'à mon arrivée je vais apprendre que bon nombre de choses ont été organisées en mon absence, auxquelles je devrai participer.

Il n'en dit pas plus et Cañuela eut l'impression qu'il voulait l'avertir de quelque chose.

La route n'était pas longue jusqu'à la plaza Victoria, la place principale.

Elle revit la cathédrale abritant le lieu de sépulture de saint Martin, le palais de l'archevêque et la Casa Rosa, la splendide résidence rose du Président.

Puis ils arrivèrent à la plaza San Martin, et elle vit les nombreux édifices auxquels sa mère faisait allusion lorsqu'elle lui décrivait les « palais » de l'aristocratie.

Entourés de jardins, éclatants de blancheur, ils paraissaient grandioses sous les chauds rayons du soleil.

Quant à la demeure de Ramón de Lopez, elle était telle que Cañuela se l'imaginait, plus belle encore. Tout d'abord, elle était immense. A l'intérieur, une fraîche pénombre la protégeait des rayons ardents du soleil. L'atmosphère qui y régnait n'était ni solennelle, ni grandiose, ni même luxueuse. Cañuela n'arrivait pas à la définir précisément, sinon que la maison semblait accueillante.

Mais elle se dit que ce n'était certainement qu'une illusion parce qu'elle lui rappelait les années de bonheur passées à Buenos Aires.

Sa mère avait évoqué l'armée de serviteurs de Ramón de Lopez, et il semblait en effet en avoir un nombre assez extraordinaire.

Finalement, l'un d'eux, que Cañuela supposa être le majordome, la conduisit jusqu'à sa chambre.

Comme c'était la coutume en Argentine, la maison était construite autour de plusieurs cours, mais jamais Cañuela ne se souvenait avoir vu quelque chose d'aussi beau que la grande fontaine de pierre sculptée d'où jaillissait l'eau irisée de soleil.

Elle était entourée d'une profusion de fleurs si belles qu'on aurait dit un poème de couleurs.

Les orangers étaient lourds de fruits et les plantes grimpantes, hibiscus et bougainvillées, éclataient de couleurs sur le marbre blanc.

C'était un endroit si merveilleux que Cañuela se sentit comme frappée de stupeur et, lorsqu'elle vit sa chambre, elle réalisa que cette pièce appartenait au palais.

— J'espère, señorita, que vous ne manquerez de rien ici, déclara le majordome. J'ai mis une femme de chambre à votre service. Son nom est Dolorès.

— Je vous remercie, dit Cañuela.

Quelques instants plus tard, Dolorès fit son entrée.

Elle était très jolie, avec un visage ovale et de grands yeux noirs brillants bordés de longs cils. Elle devait avoir environ dix-sept ans.

Dolorès fit une révérence en déclarant combien elle était honorée de servir la gracieuse dame d'outre-mer. On fit monter les bagages et, tout en les défaisant, Dolorès se mit à bavarder sur le mode amical qui est un trait spécifique du caractère argentin.

— Est-ce que vous attendez avec impatience la journée de demain? questionna Cañuela, sachant combien c'était une date importante pour les citoyens de Buenos Aires.

— J'ai une robe neuve pour aller danser avec mon fiancé, señorita. Mon père et ma mère, bien sûr, nous accompagneront, s'empressa-t-elle d'ajouter, de crainte que Cañuela ne s'imagine qu'elle puisse mal se conduire.

— Bien sûr, acquiesça Cañuela.

Elle n'ignorait pas que les jeunes Argentines demeuraient constamment sous l'œil de leurs parents ou d'une *duenna* (1).

– Les jeunes filles de tous les milieux restent toujours sous la garde de quelqu'un, lui avait une fois expliqué son père, depuis le berceau jusqu'au lit nuptial, pour que leur vertu ne soit exposée à aucune tentation.

Cela ne semblait guère différent à Cañuela de la manière dont les jeunes Anglaises étaient chaperonnées, sans jamais avoir la permission de rester un instant seules en compagnie d'un homme.

Elle savait combien c'était exceptionnel pour elle d'avoir pu passer, depuis Madère, douze jours durant lesquels elle s'était trouvée bel et bien seule avec Ramón de Lopez.

Elle savait combien les anciennes amies de sa mère auraient été choquées et d'ailleurs son père ne l'aurait certainement jamais permis.

Elle ne craignait nullement d'être reconnue par les amis de Ramón de Lopez qu'elle pouvait éventuellement rencontrer à Buenos Aires. Etant collégienne, elle n'avait jamais eu le droit d'assister à aucune réception, car elle n'avait pas encore fait ses débuts dans le monde.

Elle prenait ses repas dans la salle d'études en compagnie de sa gouvernante. Elle se promenait dans le parc et autour de la ville avec miss Johnson, et il n'était pas question qu'elle aille aux courses. Elle pouvait aller au théâtre pour assister à une représentation exceptionnelle de Shakespeare ou d'un auteur classique, mais seulement en matinée.

« Depuis que je travaille, se dit Cañuela, je suis plus libre qu'aucune jeune fille de mon âge ou dans ma situation ne pourra jamais l'être. »

---

(1) *Duenna* : duègne, en espagnol. (N.d.T.)

C'était exactement l'expression qui convenait : « une jeune fille dans sa situation ».

Elle ne pouvait jouer aucun rôle dans la société parce que son père avait été accusé de trahison.

Si on venait à connaître son identité, personne à Buenos Aires ne désirerait la rencontrer.

Elle tremblait de crainte à la pensée qu'elle pût être découverte, et elle se demandait quelle serait alors la réaction de Ramón de Lopez.

De toute évidence, il avait cru à la culpabilité de son père. Est-ce que, par conséquent, il la renverrait en Angleterre sans un mot de reconnaissance pour tout ce qu'elle avait fait pour lui?

Elle avait peine à croire qu'il pourrait agir ainsi et, cependant, comment pouvait-elle faire confiance à quiconque?

Est-ce que Ramón de Lopez ne s'était pas retourné contre son père, alors que ce dernier le considérait comme un ami? Ne s'était-il pas empressé, comme tous les Argentins, de déshonorer et d'anéantir un homme dont il n'avait fait que louer les vertus pendant des années?

« Il ne faut pas que personne puisse jamais me démasquer », décida Cañuela.

Quand le temps serait venu pour elle de partir, elle s'en irait sans bruit, sans se faire remarquer, et elle retournerait dans l'ombre.

Elle pensa même que sa mère et elle pourraient à nouveau changer de nom. L'ayant déjà fait, quelle importance si elles changeaient de nom une douzaine de fois?

Si seulement elle arrivait à gagner assez d'argent, sa mère et elle pourraient aller d'un endroit à un autre, discrètement, passant toujours inaperçues. Deux ombres auxquelles personne n'aurait besoin de prêter attention.

Cañuela poussa un petit soupir en rajustant ses

lunettes. Elles étaient sa sauvegarde. Elles préservaient son anonymat des regards indiscrets. Elles étaient son bouclier.

« Je dois faire attention, très attention, à ne pas dévoiler que je suis déjà venue ici », décida-t-elle fermement.

Un peu plus tard dans la journée, on la conduisit dans un petit bureau qui était contigu à une pièce immense où travaillait Ramón de Lopez.

L'un de ses secrétaires informa Cañuela de ses attributions.

— Le señor a demandé que vous vous occupiez de toutes les affaires concernant l'Angleterre et du rapport que, si j'ai bien compris, il vous a dicté pendant la traversée.

Cañuela inclina la tête.

— Les câbles et les lettres d'Angleterre vous seront portés dès leur arrivée, sans être ouverts, ajouta l'homme. Si vous avez besoin de quoi que ce soit, je vous prierai de me le faire savoir. Mon nom est Naón, Marcela Naón.

— Je vous remercie, señor Naón. J'essaierai de ne pas vous importuner plus que nécessaire. Mais, comme vous le savez, il peut m'arriver d'être un peu prise au dépourvu ou d'avoir du mal à comprendre certaines choses.

— Ce sera pour moi un plaisir de vous venir en aide, señorita.

Quelle joie de retrouver la courtoisie et la politesse parfois excessives des Argentins.

Personne ici ne parlait sur ce ton brusque et autoritaire que Cañuela avait remarqué dans le bureau de Londres. Chacun se montrait courtois, respectueux, avec parfois même une certaine exagération.

Mais ces manières avaient un charme désuet et elle les préférait de beaucoup à la brusquerie qui l'avait quelquefois choquée.

Cependant, Cañuela savait parfaitement que ce ton si agréable reflétait souvent l'inefficacité qui régnait dans la plupart des relations d'affaires en Argentine.

– On peut résumer la situation en quelques mots, avait dit son père en riant : « Mañana, pasado mañana, la semana que viene. »

Et Cañuela avait traduit :

– Demain, après-demain, la semaine prochaine.

– Exactement! Tout s'arrangera en temps voulu. En attendant, ils déploient des trésors d'ingéniosité pour repousser indéfiniment le règlement de l'affaire!

Ce soir-là, Cañuela dîna seule. Elle apprit par les domestiques que le señor de Lopez était sorti.

On lui apporta son repas dans une petite salle à manger qui donnait sur la cour, et où elle pensa que le señor devait prendre son petit déjeuner.

Elle avait déjà eu le temps de se rendre compte que la propriété semblait s'étendre presque indéfiniment. Il y avait d'autres cours, et loin dans le fond, à l'entrée du jardin, une immense salle de bal. Le jardin lui-même était magnifique, ombragé d'acacias et parsemé de toutes les fleurs resplendissantes qui lui avaient manqué en Angleterre.

Elle se demandait si elle aurait jamais le temps d'y aller pour s'asseoir au soleil et rêver comme elle le faisait dans son enfance.

Elle croyait alors que le monde était peuplé de gens nobles, aimables, chaleureux, qu'elle pourrait aimer et qui l'aimeraient. Elle s'imaginait un avenir aussi merveilleux, aussi doré que la pampa, la plaine dénudée que chantaient les poètes, l'immense prairie dont les herbes ondulaient sous le vent comme les vagues en haute mer.

De telles images naissaient dans son imagination et elle voyait sa vie se déployant ainsi vers un horizon illimité.

Et pourtant, elle devait apprendre, cruellement, que

son horizon, limité par la trahison et le manque d'argent, allait s'arrêter aux murs d'une petite chambre meublée dans Bloomsbury.

Mais pour l'instant, elle s'en était échappée !

« Je dois profiter de ce séjour. Je dois le garder comme souvenir. Je dois l'imprimer dans mon esprit, pour ne jamais l'oublier », se dit Cañuela.

Ainsi, lorsque, n'étant plus utile au señor de Lopez, il l'aurait renvoyée à Londres, elle n'aurait qu'à fermer les yeux pour revoir les couleurs qui la ravissaient tant. Et le chant des oiseaux, qui était pour elle une musique inoubliable, lui reviendrait également.

Parfois, lorsque Londres semblait particulièrement triste et gris, sous le brouillard ou sous la pluie, elle revoyait en pensée les rivières peu profondes et marécageuses de la pampa, où son père l'emmenait au cours de leurs promenades à cheval.

Evitant des carrés de chardons géants, ils chevauchaient pour mettre finalement pied à terre dans des endroits où l'herbe, parsemée de fleurs, leur arrivait presque à la taille. Cela ressemblait à une prairie anglaise au mois de juin, et ils avaient découvert des ruisseaux qui, à certains moments, grossissaient avec la pluie pour se transformer en larges rivières.

Il y avait une quantité incroyable d'oiseaux, que son père ne manquait jamais de lui montrer : canards sauvages, cygnes, échassiers, ibis, hérons, spatules.

Et parfois, elle apercevait les plus fascinants de tous : de grands oiseaux blanc et rose, avec un plumage pourpre sous leurs ailes déployées.

C'étaient des flamants roses mais, bien qu'elle les cherchât toujours du regard, elle n'en voyait qu'en de rares occasions.

« Je ne dois pas oublier. Je ne dois pas oublier ! » se disait-elle maintenant.

Elle avait eu du mal à se détacher du jardin pour revenir dans le calme et la fraîcheur de la maison.

Une fois son dîner terminé, elle sortit dans la cour. La fontaine de pierre était de style espagnol; très ancienne, elle avait été admirablement sculptée par des artisans qui devaient être morts depuis longtemps.

Elle connaissait bien cette technique complexe de la gravure sur pierre en filigrane, qui était l'œuvre des artisans indiens employés par les jésuites.

Le doux clapotis de l'eau qui retombait dans le bassin en pierre l'empêchait d'entendre ce qui se passait derrière elle et elle sursauta quand, sans s'y attendre le moins du monde, elle entendit la voix de Ramón de Lopez.

— Etes-vous en train d'admirer ma fontaine, miss Gray?

— Elle est magnifique! répondit spontanément Cañuela, mais il est vrai que les bas-reliefs indiens le sont toujours...

Elle réalisa brusquement que ce qu'elle allait dire pourrait indiquer qu'elle en savait trop sur ce sujet; aussi s'empressa-t-elle d'ajouter :

— ... sont toujours décrits dans les livres comme étant remarquables.

— C'est exact, dit-il. Avez-vous exploré le reste de ma propriété?

— J'en ai vu une partie.

— Et le jardin?

— Le jardin est superbe.

Elle avait un peu l'impression qu'il voulait l'obliger à admirer ce qu'il possédait. Puis, il reprit :

— Demain, pour la fête de l'Indépendance, la coutume veut que chacun donne une réception. Il avait été décidé avant mon départ qu'un bal aurait lieu dans cette maison, en participation avec celui de la résidence voisine, propriété d'un membre du gouvernement.

Il se tut et Cañuela demeura silencieuse, se demandant pourquoi il prenait la peine de lui donner tant d'explications.

– Pendant le Carnaval, reprit-il, chacun s'amuse à dissimuler son identité, et tous mes invités, ainsi que ceux de mon voisin, porteront un masque. La plupart seront également déguisés. J'espère que vous accepterez mon invitation à y participer.

Pendant un moment, Cañuela crut l'avoir mal compris, puis elle demanda :

– Comme invitée?

– Comme invitée! acquiesça Ramón de Lopez. Je ne vous ordonne pas de venir, miss Gray; je vous y invite.

Spontanément, Cañuela eut envie d'accepter, et puis elle réalisa toutes les conséquences que cela entraînerait.

Parmi les gens présents, il y en aurait peut-être qu'elle avait déjà rencontrés, mais elle ne pouvait rien avoir à leur dire, tandis que pour tous les autres elle serait une étrangère.

Il était peu probable qu'étant le maître de maison Ramón de Lopez ait beaucoup de temps pour parler avec elle.

Elle ne connaîtrait personne.

Elle pourrait seulement circuler au hasard parmi les gens, intimidée, mal à l'aise et avec la crainte perpétuelle que, quoique ce fût impossible, quelqu'un puisse deviner qu'elle était la fille de Lionel Arlington.

– C'est très aimable à vous de me le proposer, señor, dit-elle, mais je dois refuser votre invitation.

– Pourquoi? fit-il d'un ton brusque.

– Parce que je ne souhaite pas assister à une réception.

– C'est un prétexte absurde, vous le savez bien. Vous êtes jeune, et tous les jeunes aiment danser, surtout pendant le Carnaval.

– Vous parlez des Argentins, señor. Je suis anglaise.

– Cela ne vous empêche pas d'être jeune. Même les Anglais dansent! Comme vous le savez, pendant mon séjour à Londres, j'ai été invité à un bal chaque soir, et parfois même à deux ou trois bals dans la même soirée.
– Ma situation n'est guère comparable à la vôtre, señor.
– Les hôtesses anglaises m'ont accueilli à bras ouverts. En ma qualité d'hôte argentin, je suis disposé à en faire tout autant à votre égard.
– Je vous remercie, mais je vous ai déjà donné ma réponse.
– Vous avez, une fois de plus, décidé de me contrarier?
– Je ne suis pas contrariante, mais simplement raisonnable, répondit Cañuela. Je suis votre employée, et vous savez aussi bien que moi que les gens invités à votre bal demain soir n'imagineraient jamais de frayer avec une simple secrétaire, et qu'ils considéreraient comme un affront d'être inopinément présentés à quelqu'un de ce milieu.

Ramón de Lopez demeura un moment silencieux, mais Cañuela savait qu'elle venait de donner un argument irréfutable.

La société argentine était très collet monté et, par certains aspects, extrêmement fermée.

Les Argentins pensaient comme les Anglais que la structure de la société reposait sur la préservation d'une certaine respectabilité. De plus, dans toutes les classes sociales, on croyait en un idéal fondé sur la pureté, l'incorruptibilité et l'honneur.

Ces valeurs s'appuyaient sur un code social qui était, à l'intérieur du cercle familial, à la fois étroit et sectaire.

Cañuela était sûre que même Mrs Arlington, avec toute sa gentillesse, sa compréhension et sa bienveillance, n'aurait jamais eu l'idée d'inviter à déjeuner l'une des secrétaires de son mari pour la présenter à des amies à elle.

Il était tout aussi impossible pour une maîtresse de maison argentine de recevoir ou même de rencontrer Cañuela tant qu'elle était la secrétaire de Ramón de Lopez, et d'autant plus qu'elle avait voyagé seule avec lui de Southampton à Buenos Aires.

– Tout le monde sera masqué, reprit Ramón de Lopez à voix basse. J'aimerais que vous veniez.

– Pour faire quoi? Pour voir quoi? Pour entendre quoi? questionna Cañuela.

Comme il ne répondait pas, elle ajouta :

– Je suis très consciente de ma place, señor. Elle est dans votre bureau, et je dois y rester.

Il poussa un léger soupir.

– Je vous croyais un peu plus audacieuse, un peu moins stéréotypée que la plupart des Anglaises de votre âge.

Elle ne répondit pas et il reprit, comme s'il cherchait à trouver une explication pour lui-même :

– Mais il est vrai que la plupart des jeunes Anglaises n'auraient certainement ni votre intelligence ni votre remarquable éducation!

– Une jeune Anglaise qui serait susceptible d'être invitée à votre bal ne travaillerait pas sous vos ordres, señor. C'est pourquoi il est évident que je dois demeurer à ma place.

– Je me demande justement où elle se situe, dit-il d'un air songeur.

– On m'a dit que j'étais là pour m'occuper de votre correspondance avec l'Angleterre. Je suppose que de nombreux câbles arriveront demain matin. Si vous êtes au Carnaval, j'attendrai le jour suivant pour vous en parler.

– Vous êtes trop aimable, miss Gray! rétorqua-t-il avec une certaine ironie.

– J'essaie de l'être, señor.

Sur ces mots, elle s'inclina légèrement et fit demi-tour.

Elle n'avait pas besoin de se retourner pour savoir qu'il la regardait partir, et elle aurait aimé que sa démarche lui parût digne et même gracieuse. Et puis elle se dit sans ménagement qu'elle n'avait pas le droit de se laisser aller à de telles pensées. Quelle importance pouvait bien avoir sa démarche ?

Elle était secrétaire et rien de plus, et elle ne devait même pas prendre son invitation au bal pour un compliment. Il avait simplement envie de l'éblouir. Il voulait qu'elle le voie entouré de l'élite de Buenos Aires; qu'elle admire la manière dont ce bal était organisé; qu'elle voie la beauté de son jardin éclairé par les ampoules de gaz et la flamme vacillante des bougies.

Des lampions, c'est le nom qu'elle leur donnait dans son enfance; elle se revoyait, penchée au balcon pour regarder son père et sa mère qui dansaient sur la pelouse, tandis que les lampions jetaient leurs reflets hésitants sur les arbres et les fleurs.

Il y avait des lanternes chinoises dont la lueur dorée éclairait de petites tonnelles où les couples pouvaient venir s'asseoir pour bavarder lorsqu'ils ne dansaient pas.

Quant à sa mère, elle ressemblait à une princesse de conte de fées.

Cañuela l'imaginait dans la robe blanche qui reposait maintenant dans sa malle et qu'elle avait été obligée d'emporter.

« Pauvre maman, se dit-elle. Elle n'a aucune idée de la place que j'occupe désormais dans la société. »

Pour elle, il n'y aurait pas de robe blanche, elle ne danserait pas sous les lampions; elle ne participerait pas au Carnaval le jour de l'Indépendance pendant que l'Argentine tout entière s'amuserait follement.

Bien que Cañuela dormît dans une chambre qui donnait sur la cour intérieure, elle fut réveillée peu après l'aube par le sifflement des fusées lancées dans le ciel.

Pendant qu'elle s'habillait, le vacarme s'amplifia de plus en plus et elle ne tarda pas à entendre dans le lointain les tambours et les trompettes des fanfares, ainsi que les cloches des églises.

Chaque heure environ, retentissaient également les accents émouvants de l'hymne national que Lionel Arlington avait un jour qualifié de « chef-d'œuvre musical, patriotique et poétique ».

Les domestiques s'affairaient un peu partout dans la maison d'une manière que Cañuela savait inhabituelle.

En arrivant dans son bureau, elle s'aperçut qu'il n'y avait ni lettres ni télégrammes. Elle comprit alors qu'elle avait oublié, lors de sa conversation avec Ramón de Lopez, la veille au soir, que les services postaux ne pouvaient certainement pas fonctionner pendant la journée la plus gaie et la plus irresponsable de l'année!

Il était donc inévitable qu'elle se retrouve tôt ou tard avec le señor Naón sur le balcon, en compagnie d'autres membres importants du personnel.

Elle vit passer dans la rue une procession qui portait l'immense effigie sculptée d'un saint, et les innombrables bannières brodées des différentes églises.

Des pénitents en robe de moine suivaient pieds nus l'effigie du saint, tout en égrenant leur rosaire.

Des soldats aidaient à pousser le long de la rue pavée d'autres reliques sacrées, et Cañuela avait l'impression que mille trompettes d'airain retentissaient dans les airs.

Les gens riaient, chantaient, applaudissaient, et il régnait partout une joie irrésistible.

Il y avait bien sûr des petits garçons qui lançaient des *pomitos* dont Cañuela pensait qu'un bon nombre ne contenaient pas seulement du parfum inoffensif.

Aux balcons, les femmes lançaient des fleurs aux soldats qui défilaient, ainsi qu'aux *gauchos*.

Et ceux-ci attrapaient les fleurs d'une main preste, pour les mettre à leur képi, derrière l'oreille, ou sur le devant de leur tunique boutonnée, avec un sourire auquel on leur répondait par un regard langoureux.

Cañuela n'ignorait pas que les fleurs du Carnaval marquaient le début de nombreuses affaires de cœur.

Il y en aurait qui finiraient par un mariage un peu plus tard dans l'année, tandis que beaucoup d'autres se termineraient dans les larmes.

Aucune femme respectable ne s'aventurait dans la rue, mais les hommes étaient sollicités par l'air provocant d'innombrables jolis visages aux lèvres pleines de promesses et aux yeux étincelants.

« Peut-être que ce soir, au lieu d'aller au bal, je pourrais me promener dans les rues! » pensa Cañuela.

Et puis, elle songea combien sa mère aurait été horrifiée par une telle idée!

La journée passa rapidement, tant il y avait de choses à regarder.

Cañuela savait que l'après-midi tous les gens importants se rendaient aux courses. Son seul regret était d'avoir été trop jeune pour y assister lorsqu'elle vivait à Buenos Aires. Maintenant elle n'avait plus aucune chance d'aller dans l'enceinte réservée à l'aristocratie de la ville.

Ce n'était pas ce qui l'ennuyait le plus; mais elle aurait aimé voir les chevaux, et cela lui aurait particulièrement plu d'assister aux courses. Surtout, elle aurait aimé voir la gaieté, l'enthousiasme de la foule.

Son père lui avait si souvent décrit ce genre

de spectacle! La joie délirante de ceux qui avaient soutenu le vainqueur! La déception des autres, si forte qu'il n'était pas rare de les voir pleurer de rage!

Ramón de Lopez allait bien sûr faire courir ses chevaux, considérés comme les meilleurs de toute l'Argentine. C'était un personnage si populaire que beaucoup miseraient leur argent sur lui, plus à cause de ses qualités personnelles que de la supériorité de son écurie.

Et s'il gagnait, ce qui ne faisait guère de doute car il dépensait plus que n'importe qui pour ses pur-sang, cela augmenterait sa popularité et le rapprocherait encore un peu plus du jour où il pourrait être élu Président.

Il pouvait paraître étrange que l'Argentine célèbre avec un tel faste, quatre-vingt-quatre ans après, l'indépendance obtenue le 25 mai 1810.

A partir de cette date, aucun représentant du pouvoir espagnol n'avait plus jamais exercé d'autorité à Buenos Aires ni ailleurs, sinon dans une infime partie de la vice-royauté du Rio de la Plata, et cela n'avait guère duré.

Le jour de la déclaration de l'Indépendance, le vice-roi espagnol, le marquis de Sobremonte, s'était enfui de la capitale.

Comme Lionel Arlington l'avait souvent raconté à Cañuela, même si certains hommes demeurés fidèles à l'Espagne allaient devoir jouer un rôle capital dans les événements à venir, l'initiative dans l'organisation et l'action politique était passée à la communauté créole.

Lorsque le vice-roi s'enfuit de Buenos Aires, laissant ainsi la ville passer sans résistance aux mains des ennemis, il envoya à Montevideo l'ordre de faire partir des troupes.

Mais il avait perdu le contrôle des événements. Le

peuple avait pris ses affaires en main pour libérer les villes et la pampa avec ses grands fleuves.

Il y eut de durs combats, de dures épreuves, mais l'Argentine put finalement devenir une nation libre.

Et c'est à partir de ce moment-là que de grandes familles comme celle de Ramón de Lopez avaient commencé à prendre de l'importance.

Elles avaient conservé ce qu'il y avait de meilleur dans le caractère espagnol en se défaisant du pire, et elles s'étaient identifiées au pays pour finalement acquérir une personnalité qui leur était propre.

Cañuela trouvait qu'il y avait chez Ramón de Lopez quelque chose de différent, qui n'existait pas chez les hommes d'autres nationalités qu'elle avait rencontrés.

Elle n'arrivait pas à s'expliquer ce que c'était, sinon, en partie, la fierté, la suffisance et l'arrogance qui lui avaient paru si détestables.

Mais elle avait compris peu à peu qu'il s'agissait en vérité d'une confiance profonde en lui-même et en sa propre destinée. Il se savait capable d'aider l'Argentine. Il savait qu'il connaissait la solution à bon nombre des problèmes qui pesaient sur l'économie et sur le peuple à ce moment particulier.

Il semblait évident à Cañuela que, si chacun avait aussi sincèrement confiance en lui-même, beaucoup plus de choses pourraient être réalisées. Et pourtant, son père avait bien cru en lui-même.

Il était impossible qu'elle n'éprouve pas de haine envers l'Argentine et tout ce qu'elle contenait! Néanmoins, elle l'aimait encore tout en la haïssant.

Dans la maison, on s'affairait de plus en plus en vue de la soirée.

Cañuela alla se promener dans le jardin et admirer les lampions accrochés et les grosses lanternes suspendues aux arbres.

On avait retiré les fenêtres de la salle de bal, de sorte

que tout un côté de l'immense pièce était ouvert sur le jardin.

C'était une très belle salle, avec de grands miroirs dorés et des lustres en cristal; les murs étaient tapissés d'une soie chinoise imprimée de fleurs et d'oiseaux exotiques.

Le parquet était si bien ciré qu'elle pouvait presque se voir dedans, et elle ressentit soudain une envie folle de danser, elle qui n'en avait pas eu l'occasion depuis deux ans.

Jamais elle n'avait pu assister à un vrai bal, mais elle avait participé aux fêtes que l'on donnait pour les jeunes filles de son âge, et son père dansait souvent avec elle le soir pendant que sa mère était au piano.

– Il faut que tu saches bien danser, avait-il dit à Cañuela. Je déteste les femmes qui trébuchent et n'ont aucune légèreté dans les bras de leur partenaire. (Il avait ajouté en souriant :) Ta mère, elle, est aussi légère qu'une plume. Jamais je n'ai rencontré de femme ayant une telle légèreté, une telle grâce!

– C'est parce que j'aime tant danser avec toi, avait répondu Mrs Arlington en riant.

Ils avaient échangé un regard plein d'un bonheur absolu, et, à demi jalouse parce qu'elle ne mobilisait plus toute l'attention de son père, Cañuela s'était écriée :

– Danse encore avec moi, papa! S'il te plaît, danse encore avec moi!

Il l'avait alors entraînée dans une valse tout autour de la pièce. Puis il lui avait appris à danser le tango, en lui montrant des figures extravagantes qui avaient fait pousser de hauts cris à sa mère :

– Les douairières seraient horrifiées de voir Cañuela danser de cette manière dans une salle de bal!

– Et elles auraient raison! avait répondu son père. C'est une danse terriblement provocante.

– Comment ça, provocante? avait demandé Cañuela.
– Je t'expliquerai quand tu seras plus grande, avait répondu son père.
Et maintenant, tout en se promenant dans le jardin, Cañuela se demandait comment Ramón de Lopez dansait.
Elle était persuadée qu'il devait être bon danseur. En dépit de son allure imposante, il avait cette souplesse caractéristique des Argentins, tout autant à leur aise sur une selle de cheval que sur le parquet d'une salle de bal où ils savent glisser avec une grâce innée.
Les Anglais, raides, corrects, conscients de leur importance, ne se laissaient jamais suffisamment aller pour pouvoir être bons danseurs.
« Oui, Ramón de Lopez danse certainement très bien », pensa Cañuela en soupirant, tandis qu'elle gravissait l'escalier.
Elle se demanda s'il aurait l'occasion de tenir la señora Sánchez dans ses bras, ou si elle serait trop prudente pour danser avec lui en présence de son mari.
De toute manière, qu'il puisse ou non jouir des faveurs de la señora Sánchez, il ne manquerait pas d'autres femmes toutes disposées à lui être agréables. C'est d'ailleurs ce que devait lui confirmer Dolorès un peu plus tard.
– Ce sera un bal vraiment magnifique, ce soir, señorita. Quel dommage que nous ne puissions regarder aux fenêtres; le señor l'a interdit.
Cañuela trouvait fort compréhensible que Ramón de Lopez n'ait pas envie de supporter le regard indiscret des domestiques sur lui et ses invités.
– Toutes les plus belles femmes de Buenos Aires viendront à la réception du señor, ajouta Dolorès avec une certaine fierté dans la voix.

— Il y aura d'autres réceptions, fit observer Cañuela.

— Des centaines d'autres, señorita, mais il n'y a qu'un seul Ramón de Lopez, et les jeunes demoiselles voudraient toutes l'épouser, tandis que les autres... comment dirais-je... elles veulent être... sa petite amie!

Elle parlait en espagnol, et si le mot était intraduisible, le sens en était très évident.

— Elles le trouvent... séduisant? fit Cañuela, presque comme si elle se parlait à elle-même.

— Et qui ne serait pas de cet avis? Tout le monde dit que le señor est l'homme le plus séduisant, le plus attirant et le plus ardent de Buenos Aires!

Une sensation étrange, inexplicable, envahit Cañuela.

— Ardent? répéta-t-elle d'un ton interrogateur.

— Mais bien sûr, señorita, c'est un compliment! C'est une qualité essentielle pour un homme, et le señor est célèbre pour ses nombreuses, très nombreuses affaires de cœur!

— Dolorès, fit Cañuela d'une voix froide, j'aimerais que tu m'apportes mon dîner en haut. Ainsi je n'aurai pas besoin de quitter ma chambre.

— C'est entendu, señorita, mais quel dommage que vous ne puissiez aller au bal.

Cañuela avait retiré ses lunettes et était assise sur une chaise pendant que Dolorès étalait la robe qu'elle devait mettre pour dîner.

— Je ne suis qu'une secrétaire, Dolorès.

— Je sais bien, señorita, mais vous êtes belle... très belle! Plus belle que toutes les dames qui viendront au bal et offriront leurs lèvres au señor en espérant un baiser!

— Ce n'est pas possible? se récria Cañuela. Ce serait une attitude vraiment peu correcte!

Dolorès se mit à rire.

– Ah, señorita, vous ne savez pas ce qui peut se passer. Nous, les domestiques, nous en voyons des choses! Des femmes mariées qui choisissent le prétexte de demander au señor son avis sur le cheval qu'elles souhaitent offrir à leur mari pour son anniversaire.

Elle rit de nouveau.

– D'autres dames qui trouvent le moyen de l'entraîner loin des lumières en prétextant un étourdissement, en disant qu'elles sont obligées d'aller s'asseoir, ou encore que leur soulier s'est défait.

Elle eut un geste expressif.

– Ah... nous avons entendu des prétextes de toutes sortes, et qui nous ont fait bien rire!

– Et le señor... accepte... ce genre de... faveurs? interrogea Cañuela.

– Quel homme refuserait une pêche délicieuse qu'il n'a même pas besoin de cueillir!

Cañuela éclata de rire.

Cependant, elle savait qu'il devait y avoir une grande part de vérité dans ce que racontait Dolorès.

Il devait bien y avoir des femmes, aussi jolies que la señora Sánchez, qui désiraient plus que la simple compagnie de Ramón de Lopez et souhaitaient unir leurs lèvres aux siennes.

Il était beau, intelligent, riche! Sa personnalité faisait paraître tous les autres hommes insignifiants à côté de lui et, de plus, il était célibataire!

– Pourquoi le señor n'est-il pas marié? demanda Cañuela.

Elle pensait qu'il n'était pas très correct de bavarder ainsi avec les domestiques. Mais sa curiosité était la plus forte, et elle n'avait personne d'autre à qui parler.

– Peut-être le señor n'a-t-il jamais connu de femme qu'il ait aimée réellement, répondit Dolorès. Tous les hommes sont pareils; ils cherchent quelqu'un de parfait, une femme qui leur semble différente! Alors qu'eux-mêmes ne sont ni l'un ni l'autre!

Cañuela rit de nouveau.

— Tu as beaucoup de bon sens, Dolorès. Qui t'a appris tout cela?

— Mon fiancé dit que je réfléchis trop, que j'ai trop de sens critique, mais mon père m'a toujours encouragée à être ainsi.

— Et que fait donc ton père?

— Il a une petite pharmacie, señorita; il est très aimé et les gens viennent acheter chez lui parce qu'il les amuse! Parfois, il bavarde beaucoup plus qu'il ne vend!

— Mais cela te plaît d'être ici, à travailler dans cette maison plutôt que dans la boutique de ton père?

— Il faut que je gagne de l'argent, señorita. Je veux me marier, alors je fais des économies.

— A propos, dit Cañuela, je croyais que tu devais sortir avec ton fiancé ce soir. Tu m'avais dit avoir acheté une robe exprès pour cette occasion.

Dolorès poussa un petit soupir.

— Tout était décidé, et puis le patron de mon fiancé lui a offert beaucoup d'argent en plus pour travailler ce soir au restaurant au lieu d'aller au Carnaval. Comme je vous le disais, señorita, nous faisons tous deux des économies.

— Oh, Dolorès, comme tu dois être déçue! s'exclama Cañuela.

— C'est une grosse déception, acquiesça Dolorès. En même temps, nous pourrons ainsi nous marier plus tôt. Cela est plus important que de pouvoir danser pendant le Carnaval!

— Tu es très raisonnable! conclut Cañuela en souriant.

— J'ai acheté ma jolie robe pour rien, fit Dolorès en soupirant, mais je la porterai l'année prochaine.

— Je l'espère, dit Cañuela.

Dolorès s'avança vers elle brusquement.

– J'ai une idée, señorita. Pourquoi ne porteriez-vous pas ma robe pour aller au bal?

Cañuela lui jeta un regard surpris.

– Je peux vous trouver un masque, reprit Dolorès. Il y en a un grand nombre en bas, dans le vestibule, pour les invités qui n'en auront pas. Personne ne pourra entrer dans la salle de bal ou dans le jardin sans être masqué. Si vous portez ma robe et que vous couvrez vos cheveux, señorita, personne ne saura qui vous êtes.

– Non... non! fit Cañuela. C'est très gentil à toi, Dolorès, mais c'est impossible.

– Mais pourquoi? insista Dolorès. Ce serait pour vous une expérience nouvelle. Vous êtes anglaise. Vous n'avez jamais vu un bal à Buenos Aires. C'est quelque chose de grandiose! L'an dernier, j'ai aidé à servir dans la salle de bal, et je n'ai jamais rien vu de plus fascinant!

Elle accompagna ses paroles d'un large geste expressif.

– Il y avait des centaines de costumes différents, et ils semblaient tous sortir d'un tableau. Des clowns et des colombines, des guerriers espagnols, des dames avec d'énormes perruques blanches, des hommes déguisés en diable et beaucoup, oui, señorita, beaucoup de dames de qualité en costume de paysanne espagnole.

Cañuela l'écoutait, fascinée. C'était une idée absurde, ridicule, et pourtant elle voyait bien que c'était possible.

Avec le costume de paysanne que Dolorès avait acheté pour l'occasion, un fichu sur les cheveux en plus d'un large sombrero, et masquée, il était peu probable que sa mère elle-même fût capable de la reconnaître.

Elle voyait exactement le genre de costume dont il

s'agissait, car, étant enfant, elle en avait porté un pour une fête costumée.

Et en supposant..., simplement en supposant qu'elle aille au bal pendant juste une demi-heure? Elle pourrait se promener parmi les invités, elle verrait les jolies femmes qui essaieraient de séduire Ramón de Lopez.

Elle les observerait et peut-être que de nouveau elle remarquerait quelque espion ou détective travaillant pour le compte d'un mari jaloux.

Non... non... c'était une idée ridicule, et Dolorès n'aurait jamais dû la lui suggérer!

— Attendez une minute, señorita, déclara Dolorès en quittant la pièce.

Cañuela se leva pour aller à sa coiffeuse. Elle se regarda dans la glace. Les ampoules de gaz jetaient dans la pièce une lumière qui donnait à sa chevelure des reflets plus roux que dorés, et ses yeux gris-vert étaient comme deux abîmes sombres et mystérieux.

Elle revoyait le regard de Ramón de Lopez lorsqu'il était entré dans sa cabine et qu'elle avait tourné la tête vers lui, avec le bébé endormi dans ses bras.

Il avait eu l'air surpris – stupéfait! En même temps, elle avait perçu dans son regard autre chose; quelque chose qu'elle avait déjà vu dans les yeux d'autres hommes.

« Qui regardera-t-il ainsi ce soir? » se demandait-elle.

Elle avait le sentiment que la señora Sánchez ne l'intéressait plus. S'il y avait eu entre eux une liaison amoureuse, celle-ci avait eu une fin brutale et il s'était accommodé de cette situation.

Mais il y aurait d'autres femmes. Les femmes de Buenos Aires, belles, séduisantes, exotiques, qui, tels des oiseaux de Paradis, exhiberaient fièrement sous ses yeux leur sombre chevelure et leur teint d'albâtre.

Cañuela les revoyait avec leurs lèvres rouges et

pulpeuses, et la grâce sensuelle de leur corps qui, d'après ce qu'elle avait lu un jour, révélait une nature ardente et voluptueuse.

Etait-ce ce que Ramón de Lopez recherchait chez les femmes?

Elle savait aussi que le señor n'aurait pu rencontrer chez les Anglaises le même charme ni la même vivacité.

– Elles attirent l'œil et ensorcellent les sens, avait-elle entendu dire un jour un jeune diplomate impressionnable à son père.

– Ce sont de belles bêtes, avait répondu Lionel Arlington.

Sa mère s'était alors interposée :

– Quelle grossièreté, Lionel! Elles sont adorables, charmantes et vraiment très jolies!

Lionel Arlington avait rétorqué en riant :

– Elles n'ambitionnent que trois choses : savoir jouer du piano, parler français, et avoir toute une ribambelle d'amants!

– Tu dis des bêtises! s'était écriée Mrs Arlington, sans pouvoir toutefois s'empêcher de rire.

– Les Argentines n'ont qu'un défaut, avait ajouté son père plus sérieusement, en dehors du fait que, contrairement à toi, elles ont un charme tout à fait superficiel.

– Et c'est quoi? avait demandé sa mère.

– Leur voix!

Cañuela trouvait que c'était absolument vrai. Les Argentines avaient souvent une voix éraillée et un peu criarde.

Il était surprenant qu'étant aussi belles, elles possèdent une voix aussi peu musicale. Elle se demandait si Ramón de Lopez l'avait remarqué.

La porte s'ouvrit et Dolorès réapparut. Elle portait sur son bras la jupe rouge, la blouse blanche brodée et le corselet de velours noir des paysannes argentines.

Il y avait aussi les larges jupons blancs empesés et amidonnés, le tablier bordé de dentelle et le fichu de soie qui cachait les cheveux sous un large sombrero blanc.

– C'est ton costume? demanda Cañuela.
– Maintenant c'est le vôtre! répliqua Dolorès. Essayez-le, señorita, je veux voir comme vous allez être jolie dedans!

6

– Vous êtes magnifique, señorita! s'écria Dolorès.

En se regardant dans le miroir, Cañuela put constater que ce costume lui allait vraiment bien.

Le corselet noir ajusté mettait en valeur la finesse de sa taille, tandis que la blouse de mousseline décolletée, brodée de smocks rouges, rehaussait la transparence nacrée de son teint.

Le fichu rouge dissimulait sa chevelure sous le large sombrero et ses yeux paraissaient immenses au milieu de son visage mince.

– Mettez le masque, señorita, suggéra Dolorès.

Elle était allée en chercher un en bas tandis que Cañuela s'habillait, et elle le lui tendit. Bien qu'il fût d'une grande finesse, il devait parfaitement dissimuler le visage.

La partie qui allait sur le nez et autour des yeux était en velours, mais le bas du masque était, à la mode vénitienne, bordé d'un volant de dentelle noire qui cachait presque entièrement les lèvres.

Cañuela le plaça. Il faudrait être bien perspicace pour deviner son identité.

– Maintenant, vous devez aller au bal, déclara Dolorès.

– Je ne peux pas... tu sais que je ne peux pas! protesta Cañuela.

– Mais pourquoi, señorita? Je vous assure que personne ne vous reconnaîtra, et vous serez, comme moi, enchantée de pouvoir admirer tous ces merveilleux costumes.

Elle ajouta, en baissant la voix comme si elle craignait d'être entendue :

– Je vais vous confier un secret : le señor porte un costume d'aristocrate d'il y a bien longtemps.

– Je me demande si c'est un déguisement suffisant, dit Cañuela, s'adressant plus à elle-même qu'à Dolorès.

Puis, elle pensa qu'elle n'avait plus qu'une chose à faire, c'était de retirer immédiatement le costume de Dolorès et d'aller se coucher.

Il était impensable que, dans sa situation, elle aille se joindre à ceux qui participaient aux réjouissances en bas, et cependant Ramón de Lopez l'avait invitée.

Ses motifs lui avaient paru suspects. En même temps, elle ne pouvait justifier sa timidité en prétendant ne pas avoir été invitée.

Etait-ce une question de timidité, de réserve ou de lâcheté? se demanda Cañuela avec une certaine confusion. Jamais elle n'avait été lâche. Elle s'était toujours considérée comme quelqu'un de courageux qui ne craignait pas l'aventure, et cependant, pour quelque obscure raison, elle avait peur de s'embarquer dans ce qui ne serait, après tout, qu'une toute petite aventure.

Elle serait simplement spectatrice – elle regarderait de l'extérieur des festivités qui n'avaient d'importance que pour les Argentins.

Et si elle y allait juste quelques minutes – seulement pour voir les jardins, les lumières et la salle de bal décorée?

Comme si elle se doutait que son hésitation était un prélude à la capitulation, Dolorès s'écria :
– Venez, señorita, venez vite! Le seul risque que vous avez d'être reconnue, c'est si l'on vous voit en train de descendre l'escalier. Mais je vais vous conduire par un autre chemin, et une fois dans la salle de bal, vous serez perdue dans la foule.

« C'était bien vrai », se dit Cañuela cinq minutes plus tard!

Elle était perdue dans la foule.

Personne, elle en était sûre, ne pouvait faire attention à elle tandis qu'elle se promenait parmi les gens gaiement costumés qui marchaient dans les jardins, dansaient dans la salle de bal, ou bavardaient par petits groupes.

Il semblait y avoir un bon nombre de femmes qui, comme elle, étaient seules, ou qui, peut-être, cherchaient un homme en particulier parmi toutes ces silhouettes anonymes.

Dolorès avait raison : les costumes étaient merveilleux. Il y avait d'innombrables colombines, ballerines, arlequins et clowns. On pouvait voir de nombreuses crinolines et de ces énormes perruques du XVIIIe siècle comme en portait Marie-Antoinette.

Il y avait une demi-douzaine de Portia (1) vêtues de soie rouge, un costume particulièrement seyant aux brunes, et autant de Perséphone (2) qui, pour avoir les cheveux blonds, avaient sans aucun doute dû mettre une perruque.

Et puis elle aperçut celui que, sans vouloir l'admettre, elle cherchait du regard : Ramón de Lopez. Il sortait de la salle de bal en compagnie d'une très spectaculaire Carmen.

Lui-même avait revêtu la jaquette de soirée ajustée,

---

(1) Portia : personnage de Shakespeare dans *Le Marchand de Venise*.
(2) Perséphone : divinité grecque. (N.d.T.)

à queue de pie, et les étroits pantalons couleur champagne d'un gentleman géorgien. Une cravate de mousseline blanche, empesée, était nouée juste en dessous de la ligne volontaire du menton.

Il était masqué mais Cañuela avait l'impression qu'elle aurait pu le reconnaître n'importe où. Elle connaissait trop bien son front carré, l'ayant eu en face d'elle pendant douze jours dans la salle de restaurant du navire, ainsi que ses épais cheveux bruns et la courbe de ses lèvres. Elle avait vu assez souvent se dessiner sur sa bouche un sourire cynique ou une grimace d'exaspération.

Il entretenait une conversation animée avec sa compagne et Cañuela s'empressa d'aller dans la direction opposée. Puis elle comprit qu'ils se dirigeaient vers les parterres de fleurs où l'on n'était plus éclairé que par la lumière enjôleuse des lanternes et la flamme vacillante des lampions avant de pénétrer plus profondément dans l'obscurité des arbres.

Cañuela ne pouvait s'empêcher de se demander de quel prétexte avait usé la séduisante Carmen pour entraîner Ramón de Lopez vers un endroit aussi retiré.

Et puis elle se dit qu'il ne devait pas y avoir besoin de prétexte. Elle n'ignorait pas qu'il avait mené à bord une existence aussi austère que celle d'un moine et il recherchait certainement de nouveau à connaître les charmes et les faveurs de femmes séduisantes.

Avec un certain effort, Cañuela décida que ce n'était pas le moment de s'appesantir sur ce que Ramón de Lopez pouvait bien faire dans le jardin, mais de profiter de l'occasion pour aller voir la salle de bal. Elle entra par l'une des larges ouvertures que l'on avait pratiquées en retirant les fenêtres.

Elle ne s'était pas rendu compte, lorsqu'elle avait visité la pièce plus tôt dans la journée, que Ramón de

Lopez avait projeté de ne l'éclairer que par des bougies.

Celles-ci auréolaient d'une lumière douce et charmeuse les femmes qui valsaient avec leur partenaire sur le parquet ciré.

Partout, il y avait des fleurs – en guirlandes – accrochées le long des murs, amoncelées dans chaque coin et dissimulant presque l'orchestre qui jouait sur une petite estrade.

L'odeur des fleurs, les parfums exotiques et le murmure des voix semblaient se confondre avec la mélodie sentimentale.

C'était une atmosphère merveilleuse, un spectacle passionnant pour une jeune fille n'ayant jamais assisté à un bal pour adultes.

Pour la première fois, Cañuela découvrait combien une femme qui danse est gracieuse, lorsque sa jupe ample tourbillonne autour d'elle comme des pétales de fleur et qu'elle renverse la tête en arrière pour regarder son partenaire.

Quand la valse fut terminée, les danseurs se dirigèrent vers le jardin ou vers les longs buffets disposés dans la vaste antichambre qui donnait sur la salle de bal.

Cañuela était juste en train de se demander si elle risquait de se faire remarquer en restant debout toute seule dans la salle, lorsque l'orchestre se remit à jouer. Cette fois, c'était un tango.

Elle avait toujours rêvé de voir danser cette danse, telle que son père la lui avait apprise, aussi n'était-ce pas pour elle le moment de partir, et elle resta là pour admirer avec quelle élégance on exécutait devant elle les figures compliquées, voire difficiles du tango.

C'est alors qu'elle entendit une voix, qu'elle reconnut aussitôt, s'adresser à elle en espagnol :

– Puis-je, señorita, avoir le plaisir de cette danse ?

Son cœur bondit de frayeur, car elle savait sans avoir

besoin de tourner la tête qui se trouvait à ses côtés.

Pendant un instant elle fut incapable de répondre. Elle avait l'impression d'être sans voix.

Puis, comme si son consentement allait de soi, Ramón de Lopez la prit par la taille pour l'entraîner sur le parquet. Elle pouvait sentir sa main, appuyée fermement au creux de ses hanches. Comme le voulait son costume de paysanne, elle ne portait pas de gants, et elle s'aperçut que la main gauche de Ramón de Lopez était également nue.

Lorsque leurs doigts se rencontrèrent, un étrange frisson, qu'elle prit pour de la frayeur, la parcourut tout entière.

« J'ai peur de ne pas danser assez bien pour lui », songea-t-elle.

Mais elle se rendit compte qu'ils dansaient avec un ensemble presque parfait, et, étrangement, elle devinait à l'avance chacune de ses initiatives.

Peut-être était-ce grâce à la pression de sa main sur sa taille, ou parce qu'elle était tout contre lui, elle n'en savait rien. Elle savait seulement qu'elle n'avait absolument aucun effort à faire pour suivre ses pas, et sans avoir besoin de penser, elle pouvait s'abandonner au seul plaisir de danser avec un homme qui était visiblement un expert.

Ils avaient déjà parcouru la moitié de la salle avant qu'il ne lui adresse de nouveau la parole.

– Vous vous amusez bien?

Cañuela allait lui répondre quand elle réalisa que, si elle parlait espagnol, il risquait de reconnaître sa voix.

Elle hésita un instant, puis eut une idée.

– C'est une très agréable soirée, signor, répondit-elle en italien.

Ramón de Lopez ne l'avait jamais entendue parler italien, et même si elle ne connaissait pas aussi parfaitement cette langue que l'espagnol ou le portu-

151

gais, elle l'avait apprise avec Maria qui avait été sa nourrice avant de devenir sa femme de chambre.

Lionel Arlington avait également insisté pour qu'elle prenne des leçons d'italien, mais Maria lui avait appris la langue des bas quartiers, le *lunfardo*.

C'était un argot qui avait été élaboré par les immigrants italiens et que l'on retrouvait dans la plupart des chansons argentines, et particulièrement dans le tango.

Quoi qu'il pût imaginer sur son compte, Ramón de Lopez n'irait certainement pas jusqu'à penser qu'elle puisse connaître le *lunfardo*.

– Ainsi, vous vivez à Buenos Aires, signorita, dit Ramón de Lopez.

Il avait parlé également en italien, mais dans la langue pure et plus raffinée des aristocrates.

– Si, signor.

Cañuela espérait qu'il n'allait pas lui poser trop de questions. De toute manière, il était incorrect, pendant le Carnaval, d'essayer de découvrir l'identité de son partenaire.

Le fait que chacun fût anonyme donnait tout son sel à cette *fiesta*! Si un mari ignorait le déguisement de sa femme, elle pouvait très bien flirter avec lui sans qu'il la reconnaisse.

Pour les Argentines, c'était toujours l'occasion de séduire un nouveau soupirant ou de découvrir un admirateur insoupçonné.

Comme si ses pensées se communiquaient à Ramón de Lopez, ils dansaient en silence, et Cañuela se rendait compte qu'avec un aussi bon partenaire elle dansait d'une manière presque parfaite.

Ramón de Lopez ne lui fit pas exécuter les figures qui, selon sa mère, devaient scandaliser les douairières, mais comme s'il comprenait qu'il avait affaire à une partenaire habile, il la conduisait dans des figures de plus en plus compliquées et difficiles.

Cañuela put constater, non sans fierté, qu'elle ne commettait aucune erreur.

Enfin, la musique s'arrêta, et elle sentit Ramón de Lopez lui prendre le bras, juste sous le coude, pour la conduire à travers la foule dans le jardin.

Elle était comme ensorcelée, et encore si émerveillée par la danse qu'elle ne s'aperçut pas où il l'emmenait jusqu'au moment où, soudain, elle comprit qu'ils se trouvaient dans une étroite allée bordée de lampions, déjà loin de la foule.

Instinctivement, Cañuela s'immobilisa et leva les yeux vers lui.

– Vous dansez merveilleusement, signorita, fit-il d'une voix profonde.

– Grazie, répondit-elle dans un murmure.

Il demeura silencieux et, soudain, Cañuela eut l'impression que son silence était chargé de signification, une signification qu'elle ne comprenait pas.

Les yeux toujours baissés sur elle, il lui semblait aussi imposant, aussi puissant que lorsqu'elle l'avait vu dans sa cabine envahir tout l'espace de sa présence.

– Il faut que nous... rentrions, dit-elle d'un ton hésitant.

– Si vous le souhaitez.

Il la regardait toujours comme s'il cherchait à voir derrière son masque pour deviner qui elle pouvait bien être.

Il restait immobile, et Cañuela se sentait comme enracinée dans le sol.

Puis, d'une manière inattendue, il lui prit la main.

– Merci, fit-il très doucement en y déposant un baiser.

Elle sentit le contact tiède de ses lèvres sur sa peau et une sensation étrange parcourut tout son corps, comme un éclair de vif-argent.

Enfin, comme s'ils obéissaient à une force qui les

dépassait, ils firent demi-tour pour repartir vers le jardin envahi par la foule.

Comme ils passaient devant le premier groupe de gens qui bavardaient, un verre de champagne à la main, une silhouette, déguisée en Dame aux camélias, se détacha en poussant un petit cri.

Elle courut vers Ramón de Lopez et, lui tendant ses deux mains dans leurs gants de dentelle noire, dit d'une voix basse et intime :

– Je vous cherchais – je vous attendais.

Elle avait dit ces mots avec un accent passionné sur lequel on ne pouvait se méprendre.

Sans plus attendre pour connaître la réponse de Ramón de Lopez, Cañuela s'enfuit rapidement et, sans se retourner, traversa la foule qui emplissait la pelouse pour se diriger vers la maison.

Elle y entra par l'une des portes restées ouvertes et, le vestibule étant vide, elle put gravir silencieusement l'escalier sans que personne ne la remarque.

Arrivée dans sa chambre, elle referma la porte derrière elle et retira son sombrero.

Il lui semblait sentir encore tout son être palpiter sous l'action de la musique et du plaisir de danser.

Ils avaient dansé un tango ensemble! Quoi qu'il pût arriver désormais, personne ne pourrait lui retirer ce bonheur. Elle avait dansé comme elle avait toujours rêvé de danser, et de plus, avec un partenaire dont le talent était exceptionnel, et dont les pas accompagnaient naturellement les siens.

Lentement, Cañuela retira la jupe rouge de Dolorès, le corselet noir et la blouse brodée. Elle enfila sa chemise de nuit et libéra ses cheveux en les laissant retomber sur ses épaules. Il lui semblait entendre encore le rythme de la musique dans le lointain.

Elle se mit au lit et, allongée dans l'obscurité, elle pensa à ce qui venait de se passer. Elle ignorait auparavant qu'un homme devait serrer si étroitement sa partenaire pour danser le tango. Elle avait éprouvé une sorte de plaisir secret, intime, à sentir sa poitrine tout contre celle de Ramón de Lopez. Ils avaient été l'un contre l'autre et si proches qu'elle craignait presque qu'il n'entende les battements de son cœur.

Ce n'est que maintenant qu'il lui semblait étrange qu'ils se soient si peu parlé. Bien sûr, ce n'aurait guère été facile de parler tout en exécutant les pas difficiles, compliqués et gracieux du tango. Mais, si elle avait été l'une des partenaires habituelles de Ramón de Lopez, elle aurait certainement trouvé beaucoup de choses à lui dire. Elle aurait tenté de le séduire, comme, sans doute, devait le faire la Dame aux camélias en ce moment même.

Comme la señora Sánchez, elle aurait tendu vers lui ses lèvres rouges. Elle aurait rejeté la tête en arrière pour révéler la blancheur et la rondeur de sa gorge déliée.

Cañuela, quant à elle, avait eu une attitude tout à fait différente. Elle s'était sentie intimidée car, bien que Ramón de Lopez ne pût savoir qui elle était, elle était elle-même trop consciente de sa personnalité à lui.

Il émanait de tout son être une impression de puissante virilité, qui la mettait déjà mal à l'aise lorsqu'elle travaillait avec lui, et qui, s'était-elle dit alors, était une raison pour le détester davantage.

Mais cela, elle n'en était plus aussi sûre désormais.

Il lui semblait également que sa main était encore toute brûlante de la chaleur de son baiser.

« J'ai eu tort d'aller au bal, se dit-elle. Il s'est conduit en traître à l'égard de papa et je le hais pour cette raison. »

Cependant, dans l'obscurité de sa chambre, elle ne

se souvenait plus que du contact de ses lèvres sur sa main.

Parce que sa conscience la tourmentait pour ce qu'elle avait fait la veille au soir, Cañuela descendit dans son bureau particulièrement tôt le lendemain matin. Elle trouva sur sa table quelques lettres et un bon nombre de télégrammes. Elle les ouvrit et décoda les câbles. Elle se demandait à quelle heure Ramón de Lopez la ferait appeler lorsque le señor Naón entra dans la pièce.

— Buenos Dias, señorita, dit-il. J'espère que vous avez pu vous reposer cette nuit et que la musique ne vous a pas empêchée de dormir.

— Non, pas du tout, je vous remercie, señor. J'ai très bien dormi, répondit Cañuela, bien que ce ne fût pas tout à fait exact.

— Tant mieux. Et je vois que vous êtes déjà prête à travailler.

— En effet. Le señor est-il dans son bureau?

— Non, il est parti à cheval ce matin.

Le señor Naón ajouta en souriant :

— Quand le señor se couche tard, il a coutume le lendemain d'aller faire un petit galop pour se rafraîchir les idées. Il dit que c'est bon pour le foie!

— C'est ce que disait toujours mon père! s'écria Cañuela.

Elle réalisa immédiatement que, contrairement à ses intentions, elle venait de donner un renseignement sur son passé.

— Votre père aimait les chevaux? demanda le señor Naón.

— Comme la plupart des Anglais, répliqua Cañuela avec une certaine froideur. J'espère que le señor de Lopez ne sera pas long. Il y a quelques câbles en provenance d'Angleterre qui exigent une réponse rapide.

Le señor Naón eut un sourire.

— Le señor fait sa propre loi. Par ailleurs, les routes habituelles pour sortir de la ville seront peut-être encore bloquées ce matin.

Devant l'air étonné de Cañuela, il expliqua :

— Il y a eu quelques émeutes la nuit dernière et, en certains endroits, l'*Unión Civica Radical* a dressé des barricades qui n'ont pas encore été démontées par la police.

— Il y a eu des incidents?

— A peine plus que d'habitude. Je ne sais pas si vous avez entendu parler de ce nouveau groupe révolutionnaire qui sévit à Buenos Aires.

Cañuela en avait effectivement entendu parler, mais elle trouva plus prudent de ne pas le dire et prit un air interrogateur.

— Vous dites qu'il y a des révolutionnaires? Voilà qui me semble effrayant!

— Tout a commencé il y a quatre ans, en 1889, déclara le señor Naón, visiblement satisfait de pouvoir donner à Cañuela des explications sur un sujet dont il pensait qu'elle ne savait rien. Certains membres de la vieille aristocratie qui avait été éliminée du pouvoir dénoncèrent alors les scandales commis par les nouveaux riches.

— Je croyais que vous parliez de révolutionnaires?

— Il s'agissait, en fait, d'un petit nombre de personnages de la haute société qui, mécontents et désenchantés, découvrirent qu'ils avaient en commun avec les travailleurs salariés la même insatisfaction et la même amertume.

— Ils se sont donc regroupés dans une organisation? suggéra Cañuela qui savait qu'il attendait des questions de sa part.

— Il s'agit d'une organisation politique appelée l'*Unión Civica Radical* et qui a rassemblé le peuple dans des manifestations et certaines explosions de violence.

– Ont-ils réussi?
– Ils ont causé beaucoup d'ennuis à tout le monde. De grandes manifestations populaires ont eu lieu dans les rues et ils ont été à l'initiative d'un mouvement d'opposition soutenu par la Marine.
– La Marine se serait donc rebellée? demanda Cañuela d'un air surpris.
– C'est parce qu'elle avait les moyens de lancer des bombes sur les troupes gouvernementales que le Président a été obligé d'abandonner le pouvoir. Il a tout fait pour demeurer en place, mais il a finalement dû donner sa démission.

Cañuela n'avait plus besoin de feindre la surprise.

Elle avait entendu parler de l'*Unión Civica Radical* avant de quitter Buenos Aires, mais elle ignorait que cette organisation avait pris une telle importance et était devenue en fait un parti suffisamment puissant pour être pris au sérieux.

Le señor Naón poussa un soupir.

– Evidemment, comme toujours dans ce genre de choses, il y a un certain nombre d'éléments incontrôlés, et c'est ainsi qu'ont pu se produire des incidents comme ceux de la nuit dernière.

– Que s'est-il passé? interrogea Cañuela.

– Ils ont brisé les vitres de certains bâtiments officiels, se sont heurtés à la police et ont causé, inutile de le dire, plusieurs morts.

Cañuela savait que cela n'était pas une nouveauté pour le jour de l'Indépendance. Néanmoins, elle pensait au danger que pouvaient représenter des révolutionnaires luttant fanatiquement contre la loi et l'ordre.

– Espérons que le señor de Lopez ne rencontrera aucun groupe hostile pendant sa promenade.

– Cela me semble peu probable, répondit le señor Naón, mais il ne faut pas attendre son retour avec trop d'impatience, señorita. Il peut fort bien, s'il en a envie, aller jusqu'à son *estancia*.

— Mais elle doit être au moins à deux heures d'ici à cheval? s'écria Cañuela avec une certaine consternation.

— Cela m'étonnerait que le señor mette autant de temps, fit remarquer le señor Naón en souriant. Par ailleurs, il peut rentrer d'un moment à l'autre.

« Voilà qui est bien une attitude typiquement argentine », pensa Cañuela.

Au bout d'un moment elle cessa de guetter impatiemment à la porte le retour de Ramón de Lopez et, après avoir laissé un message disant où l'on pouvait la trouver, elle décida d'aller se promener dans le jardin.

Un grand nombre de serviteurs étaient en train de nettoyer les détritus de la veille. Ils enlevaient les fleurs de la salle de bal, ramassaient les verres et les assiettes sales. Plusieurs jardiniers étaient occupés à décrocher les lanternes des arbres et à retirer les lampions bordant les allées.

Sans qu'elle s'en rende compte, ses pas conduisirent Cañuela jusqu'au chemin étroit où elle s'était retrouvée avec Ramón de Lopez.

Pourquoi, une fois la danse terminée, s'étaient-ils si peu parlé?

Etait-ce parce qu'il avait ressenti le même émerveillement qu'elle tandis qu'ils dansaient avec un ensemble si parfait?

Il lui semblait maintenant extraordinaire qu'elle ait pu aussi bien danser le tango dans ses bras, sans hésiter ou trébucher un seul instant, sans même avoir à s'inquiéter des figures.

« Nous étions parfaitement assortis! » se dit-elle.

Puis elle s'empressa de rentrer dans la maison car elle ne voulait plus penser à lui.

Elle rangea le bureau, bien qu'elle l'eût déjà fait peu

de temps avant et, finalement, prit un livre d'économie qu'elle essaya de lire.

Mais, pendant tout ce temps, elle avait encore conscience de guetter le retour de son employeur et elle se persuadait qu'elle avait hâte de connaître sa réponse aux télégrammes qui étaient arrivés d'Angleterre.

Son déjeuner lui fut servi dans la petite pièce donnant sur la cour où elle avait dîné le premier soir.

Par les fenêtres ouvertes, elle pouvait admirer les magnifiques bas-reliefs de marbre de la fontaine et elle entendait le doux clapotis de l'eau qui jaillissait vers le ciel pour retomber dans le bassin. Elle regardait la fontaine et, néanmoins, elle avait toujours la sensation d'être aux aguets.

Mécontente d'elle-même, Cañuela s'assit pour écrire une longue lettre à sa mère. Elle essaya de se souvenir de tous les petits détails qui pouvaient l'intéresser – comment était Buenos Aires, la résidence de Ramón de Lopez, l'allégresse du bal la veille au soir.

« J'ai dansé avec le señor de Lopez... », elle avait commencé à écrire ces mots, puis décida de les barrer. Elle n'aurait pu dire pourquoi, mais elle n'avait pas envie que sa mère sache qu'ils avaient dansé ensemble.

Une fois sa lettre terminée, elle écrivit l'adresse sur l'enveloppe, colla un timbre et la joignit au courrier qui devait être ramassé.

Il était 4 heures lorsque le señor Naón entra dans le bureau. Il devait avoir fait, après le repas, la sieste quotidienne qui remplissait au moins deux heures de la journée.

– Toujours aucun signe du señor de Lopez, dit-il. Il a dû, comme je le pensais, aller jusqu'à l'*estancia*. *Cela* m'étonne un peu car je croyais qu'il irait plutôt demain.

— Peut-être avait-il hâte de voir si tout le monde s'était remis au travail, dit Cañuela en souriant. Je suppose que là-bas aussi, comme ailleurs, on aura fêté le jour de l'Indépendance.

— Le petit village aura été tout décoré, répondit le señor Naón, et il y aura eu des feux d'artifice offerts par le señor de Lopez. Tous les habitants sont bien sûr ses employés.

— Sont-ils nombreux? questionna Cañuela.

— Plus de deux cents. Le village est un modèle du genre; il est construit autour d'une vieille église.

— J'espère avoir le plaisir de le voir un jour.

— Je suis sûr que le señor souhaitera que vous l'accompagniez à l'*estancia,* déclara le señor Naón, mais sa voix manquait un peu de conviction.

Elle était sur le point de répondre lorsque la porte s'ouvrit brusquement devant l'un des domestiques. Une expression étrange se peignait sur son visage tandis qu'il lançait ces mots :

— Señor Naón, c'est Alberto. Il est de retour.

— Alberto? s'écria le señor Naón.

Un homme apparut alors dans le bureau; il portait l'élégant costume d'un *gaucho* travaillant au service d'un particulier.

— Señor Naón! s'écria-t-il, vous n'allez pas me croire — vous ne pouvez pas imaginer ce qui s'est passé, mais j'ai reçu l'ordre de revenir ici pour vous apporter ce message. Et il faut faire quelque chose — il faut faire quelque chose tout de suite!

— De quoi parlez-vous? interrogea le señor Naón d'un ton inquiet.

— Le señor — ils l'ont fait prisonnier. Ils étaient au moins quinze. Nous ne pouvions rien faire — rien!

Cañuela se leva. Elle vit qu'Alberto remettait au señor Naón une feuille de papier; ce dernier la prit et la lut lentement.

Elle ne pouvait plus maîtriser son inquiétude.

– Que s'est-il passé? Qu'est-ce que c'est?
– Ce sont les guérilleros, señorita, répondit le señor Naón. Les guérilleros de l'*Unión Civica*. Ils ont capturé le señor.
– Ce n'est pas possible!
Cependant, le señor Naón lui tendit le morceau de papier que lui avait donné Alberto. Elle reconnut immédiatement l'écriture du señor de Lopez et, pendant un instant, les mots dansèrent sous ses yeux, avant qu'elle puisse commencer à lire :

« Des membres de l'*Unión Civica* m'ont fait prisonnier. Ils exigent une rançon de un million de pesos, dont la moitié en or. Ils m'ont prévenu que dans le cas où l'argent ne leur serait pas remis d'ici demain midi, je serais fusillé. Alberto a toutes les instructions en ce qui concerne l'endroit où les contacter.
                    Ramón de Lopez. »

Cañuela lut le message lentement, avec l'impression que les mots avaient du mal à pénétrer dans son esprit.
– Ce ne peut pas être vrai! C'est impossible! cria le señor Naón.
– C'est pourtant vrai, señor, assura Alberto d'un ton malheureux. Ils sont arrivés sur nous par surprise... Nous revenions de l'*estancia*. Nous galopions à vive allure car le señor avait un nouveau cheval. (Il fit un geste expressif de la main.) Même si les chevaux n'avaient pas été fatigués, nous n'aurions pu leur échapper. Nous les avons vus arriver sur nous sans comprendre tout de suite qui ils étaient.
– Tu dis qu'ils étaient au nombre de quinze? fit le señor Naón.
– A peu près, señor, peut-être plus. Je ne les ai pas comptés. J'étais si troublé, si effrayé! Ils nous ont encerclés.

— Qu'a fait alors le señor?

— Il leur a demandé ce qu'ils désiraient. Ils ont parlé avec lui longtemps. Je ne pensais pas qu'il s'agissait de quelque chose de grave. Je croyais qu'ils demandaient au señor de les aider.

— Je comprends cela, interrompit le señor Naón. Comment pouvais-tu supposer que le señor lui-même fût en danger?

— Ils ont déclaré qu'ils ne s'opposaient pas à lui personnellement, expliqua Alberto, mais qu'ayant besoin d'argent, ils avaient décidé d'enlever le premier homme riche qu'ils rencontreraient sans escorte en dehors de la ville.

— Vous aviez des pistolets sur vous? demanda Cañuela.

— Nous n'étions que deux, señorita, répondit Alberto, seulement deux! De plus, une fois encerclés, nous risquions seulement de nous faire tuer inutilement. (Il s'interrompit pour ajouter d'un ton dramatique :) Nous en aurions peut-être tué deux avant qu'eux-mêmes ne nous tuent!

C'était un argument irréfutable et Cañuela demanda :

— Que s'est-il passé lorsque le señor a su ce qu'ils voulaient?

— Il a gardé tout son calme et son sang-froid, señorita. Il a dit qu'une telle action ne leur apporterait rien de bon, mais ils refusaient de l'écouter.

— Et alors, que s'est-il passé? questionna le señor Naón.

— Ils ont déclaré qu'il leur fallait un million de pesos, et c'est le señor qui a proposé que je rapporte ici ce message.

— Il t'évitait ainsi de demeurer prisonnier, déclara Cañuela.

— Je le sais bien, señorita, et j'aurais de beaucoup préféré l'accompagner, répliqua Alberto. Mais il ne voulait pas, il a dit qu'il fallait que je retourne ici pour remettre le message au señor Naón qui, lui, saurait quoi faire.

— Ainsi, je devrais savoir quoi faire? s'écria le señor Naón. Mais qu'est-ce que je vais bien pouvoir faire? Comment puis-je leur donner un million de pesos? A ces canailles – à ces misérables! Ils s'en serviront pour acheter de nouvelles armes et tuer encore des gens!

— Est-ce que l'armée ne pourrait pas faire quelque chose? interrogea Cañuela.

Le señor Naón secoua la tête.

— Les soldats s'attaqueraient aux guérilleros s'ils savaient où les trouver, mais la pampa est tellement étendue que ces canailles peuvent se cacher n'importe où.

— Les guérilleros ont-ils déjà commis ce genre d'action? demanda-t-elle.

— L'an dernier, ils ont enlevé un politicien. C'était un pauvre homme que le parti ne considérait pas comme un personnage important. Comme ils ne recevaient pas de rançon, ils envoyèrent chaque jour l'un de ses doigts à Buenos Aires.

— Oh non! s'écria Cañuela.

— Ils finirent par recevoir l'argent, mais la malheureuse victime restera toujours avec cinq doigts en moins!

— C'est horrible... atroce! murmura Cañuela.

Elle se souvenait du contact des doigts de Ramón de Lopez sur les siens et de l'étrange sensation qu'elle avait éprouvée en dansant avec lui. Elle ne supportait pas l'idée de le voir mutilé. Elle prit une profonde aspiration.

— Il faut que vous trouviez cet argent immédiatement, señor Naón! insista-t-elle. Ce n'est vraiment pas, pour le señor, une somme tellement astronomique.

– Je suppose que non, répondit le señor Naón. Je vais aller à la banque expliquer ce qui s'est passé.

– Ces hommes m'ont encore dit une chose quand je suis parti, déclara Alberto.

– Qu'est-ce que c'était? demanda Cañuela.

– Ils ont déclaré : « Reviens seul avec l'argent. Si tu ramènes des soldats ou la police, nous tuerons le señor. »

– Nous pouvions nous en douter, fit Cañuela à voix basse.

– C'est une honte! s'écria le señor Naón – c'est une honte qu'aujourd'hui, à notre époque, on puisse commettre de telles infamies dans un pays civilisé! (Il poursuivit d'une voix vibrante :) Ils se déshonorent eux-mêmes – ils déshonorent leur propre parti! Leur donner de l'argent, c'est seulement leur permettre de commettre d'autres crimes plus facilement – et ainsi de suite jusqu'à ce que plus un seul d'entre nous ne soit en sécurité!

– En attendant nous devons secourir le señor! dit Cañuela calmement.

– Je vais aller à la banque.

Comme le señor Naón s'apprêtait à sortir, Cañuela l'arrêta.

– Je pense qu'il ne faudrait pas trop parler de ce qui s'est passé, suggéra-t-elle, sauf peut-être au directeur de la banque lui-même.

Le señor Naón la laissa poursuivre son raisonnement.

– Certains membres du gouvernement risquent de penser comme vous que céder aux guérilleros, c'est les encourager. Ils pourraient insister pour envoyer l'armée au secours du señor – auquel cas il serait exécuté!

– Je comprends votre point de vue, répondit le señor Naón. Je ferai jurer le secret au directeur de la banque. A son retour, le señor de Lopez aura peut-être quelques idées quant à la manière dont on peut mater ces individus. (Il s'interrompit un instant, puis ajouta :) J'espère qu'une fois qu'ils auront l'argent, ils le libéreront effectivement.

Cañuela en eut le souffle coupé. Une telle pensée ne l'avait pas effleurée. Une seule chose comptait dans son esprit : que Ramón de Lopez soit libéré.

Le señor Naón quitta la pièce, et Alberto garda les yeux fixés sur Cañuela. Elle avait le sentiment qu'il essayait de trouver les mots pour lui expliquer que son attitude n'avait pas été celle d'un lâche – s'il n'avait pas dégainé son pistolet, c'était uniquement parce que c'était sans espoir.

Elle savait trop bien que toute la fierté des gauchos était de ne jamais s'avouer vaincus. Ils préféraient se faire tuer plutôt que de se rendre! Avant qu'il n'ait le temps de parler, elle déclara d'une voix calme :

– Je sais que tu ne pouvais rien faire, Alberto.

– Je n'hésiterais pas à mourir pour le señor – vous m'entendez, señorita? Je n'hésiterais pas à mourir pour lui! Mais au moment où j'allais dégainer mon pistolet, il a dit : « Non, Alberto », et je savais qu'il parlait sérieusement.

– J'en suis persuadée, dit Cañuela. Cela aurait été absurde que tu te sacrifies pour rien.

– Merci de votre compréhension, señorita.

Il allait quitter la pièce, mais Cañuela le retint en ajoutant :

– Où crois-tu qu'ils vont l'emmener, Alberto? Où vont-ils le cacher?

Alberto haussa les épaules.

– Il y a beaucoup d'endroits possibles, señorita, du côté des marais, près de la rivière ou en bordure de la mer.

– S'ils étaient quinze, ce qui fait seize avec le señor, ils forment un groupe important. Même les hautes herbes de la pampa ne suffiraient pas à les dissimuler entièrement.

– C'est vrai, señorita, acquiesça Alberto. Mais à mon avis ce n'est pas dans la pampa qu'ils seront allés. Ces misérables vont vouloir se faire à manger. Ils voudront faire reposer leurs bêtes. Ils doivent avoir une cachette quelque part.

– Oui... Mais où?

De nouveau, Alberto fit un geste d'impuissance, tout en s'apprêtant à sortir.

– Lorsque tu as quitté le señor, reprit Cañuela, tu es parti en direction de la ville. T'es-tu retourné?

– Oui, señorita, je me suis retourné et je les ai vus s'éloigner avec le señor au milieu d'eux. Je suppose qu'ils craignaient qu'il ne tente de s'échapper.

» La première fois que je me suis retourné, ils allaient vers le sud, et ensuite, lorsque je me suis retourné une deuxième fois, ils étaient loin, très loin, mais ils avaient tourné vers l'est.

Cañuela prit une profonde aspiration. Maintenant, après ce que venait de dire Alberto, elle savait, presque comme si on le lui avait dit, où les guérilleros avaient emmené Ramón de Lopez. Elle le savait avec une conviction quasi inébranlable.

– Ecoute, Alberto, fit-elle à voix basse, es-tu prêt à venir avec moi cette nuit pour essayer de délivrer le señor?

Il la dévisagea en ouvrant des yeux ronds.

– Le délivrer, señorita? Mais nous ignorons où ils ont pu l'emmener.

– Je crois le savoir... J'en suis même sûre, dit Cañuela. Mais ce serait une erreur de parler à qui que ce soit dans la maison de ce que nous allons faire. Ils essaieraient peut-être de nous en empêcher.

– Vous voulez dire que vous et moi, señorita, sommes capables de le délivrer? fit Alberto d'un ton incrédule.

— Toi et moi seuls, Alberto. Ce serait risqué de s'approcher à plus de deux de l'endroit où se cachent les guérilleros, et c'est pourquoi nous devons y aller seuls.

— Ne croyez-vous pas, señorita, que vous devriez en informer le señor Naón?

— Il faut n'en parler à personne! déclara-t-elle fermement. Et tu dois me donner ta parole d'honneur, Alberto, que tu garderas le silence. Je te jure que c'est le seul moyen de porter secours au señor...

— Pour aller au secours du señor, je ferais n'importe quoi! répondit Alberto. N'importe quoi! (Après un moment de silence, il ajouta tristement :) Je sais ce que les autres vont me dire quand ils sauront ce qui s'est passé. Ils diront que j'ai été lâche de l'abandonner. Que j'aurais dû tuer ceux qui l'ont fait prisonnier.

— Tu as fait ce qu'il fallait et ce que voulait le señor, et maintenant j'ai besoin de ton aide. Je sais que je peux avoir confiance en toi.

— Je ferai ce que vous me direz, señorita.

— Alors, va te reposer. Lorsqu'il fera nuit, je te retrouverai devant les écuries. Ne parle à personne de ce que nous allons faire. Nous aurons besoin de trois chevaux.

— Trois, señorita?

— Un pour toi, un pour moi, et un pour le señor au retour.

Alberto soupira.

— J'espère que vous avez raison, señorita. Quelle victoire ce serait de le ramener ici sans avoir à payer la rançon!

— Ce n'est pas une question d'argent, dit Cañuela, mais il ne faut pas que les guérilleros puissent mener à terme leur horrible projet – il faut les faire échouer!

— Vous pensez que nous pouvons les faire échouer, señorita?

— C'est humainement possible, répliqua-t-elle. Toi et moi, nous ramènerons le señor cette nuit.

Elle vit le regard d'Alberto s'illuminer; puis, elle ajouta encore :

— Pas un mot à quiconque, Alberto. Comprends-tu? Tout dépendra de ton silence.

— Sur le cœur sacré de Jésus, je vous jure que pas un mot ne s'échappera de ma bouche!

Alberto s'inclina et sortit. C'est seulement après son départ que Cañuela s'aperçut qu'elle tremblait. Il lui paraissait en quelque sorte incroyable que Ramón de Lopez ait pu être fait prisonnier par des révolutionnaires; qu'il ait à subir l'humiliation de céder à leurs exigences. Et que même une fois l'argent remis, il n'y avait aucune garantie pour qu'il ne soit pas exécuté.

Il aurait vu ces hommes; il saurait qui ils étaient. Dans ces conditions, accepteraient-ils de le relâcher, sachant que, si jamais ils étaient pris, c'en serait fini de leur liberté, voire de leur vie?

Il faut que je le trouve! Il faut que je le sauve! pensa Cañuela.

Elle monta dans sa chambre. Dolorès avait défait toutes ses malles et, en ouvrant son armoire, elle trouva deux costumes de cavalière.

L'un avait appartenu à sa mère; c'était un costume très élégant, coupé par un tailleur londonien, dans lequel Mrs Arlington suscitait l'admiration chaque fois qu'elle se promenait à cheval.

Quant au second, Cañuela l'avait porté quand elle était plus jeune. C'était un costume de style mexicain, en daim vert foncé, avec une jupe-culotte frangée qui permettait de monter à califourchon.

Il aurait été fort peu pratique pour elle, quand elle partait dans de lointaines expéditions avec son père, de chevaucher en amazone, ou d'être embarrassée par une jupe ample, tenue beaucoup plus appropriée à une promenade au petit trot dans un parc.

Assortis à la jupe-culotte, il y avait une chemise de soie et un gilet sans manches, également en daim frangé.

Cañuela savait qu'en fait elle était maintenant trop âgée pour porter un costume de ce genre. Cependant, il était important qu'elle puisse aller le plus vite possible sans être gênée dans ses mouvements à cause de l'élégance de sa tenue.

Songeant qu'elle n'aurait aucun répit pendant les quelques heures épuisantes qui allaient suivre, elle s'obligea à s'allonger sur son lit. Elle aurait besoin de toute son énergie.

Inconsciemment, elle se mit à prier pour réussir à délivrer Ramón de Lopez.

Il lui était pénible de l'imaginer prisonnier; mais c'était encore plus terrifiant de penser qu'il pouvait être mutilé; que des individus cruels, brutaux, pouvaient lui couper les doigts, en se réjouissant peut-être même de le voir souffrir.

– Cela ne doit pas lui arriver... il ne le faut pas! pria Cañuela.

Il était si fier, si fort – la seule pensée qu'il fût à la merci des guérilleros était inconcevable.

De nouveau, Cañuela se demanda s'ils le laisseraient repartir. La veille au soir, il semblait encore si puissant... si imposant... tandis qu'ils marchaient ensemble le long de l'allée bordée de lampions. Elle avait senti son cœur qui battait comme lorsqu'ils avaient dansé ensemble, tout proches l'un de l'autre.

Alors, elle avait eu terriblement conscience d'être tout contre lui, et cependant, dans le jardin, alors qu'il ne la touchait plus, il lui avait semblé tout aussi proche. Et il pouvait mourir demain! C'était inconcevable – et pourtant c'était possible!

– Je dois le sauver... je le dois! se répéta Cañuela. Ô mon Dieu, aidez-moi! Aidez-moi!

Ses doigts se serrèrent convulsivement de toute

l'intensité de sa prière, et c'est alors, en les voyant pâlir sous la pression, qu'elle comprit la raison de son désespoir! La raison pour laquelle elle ne pouvait pas imaginer Ramón de Lopez prisonnier sans avoir l'impression de recevoir un coup de poignard en plein cœur. Elle l'aimait! Elle l'aimait, mais l'amour s'était installé secrètement en elle, sans qu'elle s'en rendît compte.

Cette révélation lui parut d'abord incroyable; elle se dit qu'elle était peut-être seulement en train de dramatiser la situation, qu'elle laissait un peu trop libre cours à son imagination à propos de ses émotions personnelles.

Et puis, elle dut s'avouer qu'elle l'aimait depuis longtemps déjà. Elle l'aimait tandis qu'ils se livraient bataille, assis l'un en face de l'autre dans la salle de restaurant, ou tandis qu'ils discutaient des textes éparpillés dans la cabine. Elle l'aimait, lorsque avec le bébé endormi dans ses bras, elle s'était sentie pétrifiée par son regard. Elle l'aimait la veille au soir quand ils avaient dansé ensemble, et ce qu'elle avait ressenti au contact de sa main sur la sienne était non de la peur mais... de l'amour!

« Comme j'ai été stupide de ne pas m'en rendre compte! » se dit-elle.

Puis, avec une douleur atroce, tel un glaive pénétrant dans son cœur, elle réalisa que cet amour était un sentiment dont elle ne pouvait qu'avoir honte.

Comment pouvait-elle aimer un homme qui avait trahi son père? Qui l'avait abandonné, qui s'était conduit comme Judas envers son ami? Ramón de Lopez était un traître! C'était un homme qu'elle avait haï! Un homme qu'elle avait rêvé de voir rabaissé et humilié.

Mais maintenant elle l'aimait!

Et elle pensait désespérément qu'il fallait qu'elle lui sauve la vie, fût-ce au prix de sa propre existence.

7

Arrivée dans la campagne, après avoir quitté les lumières de la ville, Cañuela eut l'impression de se trouver plongée en pleine obscurité jusqu'à ce que, peu à peu, ses yeux s'habituent.

Une à une, les étoiles apparurent et, au-dessus de la vaste plaine, l'immensité du ciel semblait embrasser un horizon sans limite.

Ils avançaient à allure régulière, sans pouvoir cependant aller trop vite, car Alberto, en plus de son propre cheval, avait à conduire la monture réservée à Ramón de Lopez.

Cañuela n'ignorait pas qu'Alberto pensait qu'elle était très optimiste en affirmant que le señor allait revenir avec eux.

Toutefois, il était désespérément soucieux non seulement de sauver la vie de son maître, mais aussi de prouver qu'il n'était pas un lâche.

De toute manière, elle n'était guère disposée pour le moment à se préoccuper des sentiments d'Alberto, car elle se demandait avec anxiété si elle avait deviné juste quant à l'endroit où pouvait se trouver Ramón de Lopez.

Son père avait été très intéressé par les ruines des missions jésuites qui s'étaient établies sur le territoire vers le milieu du XVIIe siècle. Ensemble, ils avaient visité bon nombre de ces anciens sites au cours de leurs voyages à travers l'Argentine. Le plus important était celui de Misiones, mais il y en avait beaucoup d'autres, et un en particulier près de la cité de Buenos Aires.

Lionel Arlington lui avait expliqué que les Espagnols avaient eu quelque mal à conquérir et à coloniser l'Argentine, car les Indiens étaient des chasseurs – et non des cultivateurs ou des artisans.

Ils étaient en outre particulièrement agiles, et l'immensité de la pampa, où ils pouvaient courir à la vitesse d'une autruche, leur permettait d'échapper facilement à leurs maîtres.

C'est pourquoi les Espagnols avaient dû construire des édifices où ils pouvaient maintenir les Indiens plus ou moins en esclavage en les forçant à travailler sous l'œil impitoyable de contremaîtres.

Les missions jésuites étaient donc de véritables villes, entourées d'une muraille où l'on pouvait monter la garde.

A l'intérieur se trouvaient, en plus des monastères ou des couvents avec leurs longues galeries, des dépendances où les travailleurs indiens étaient gardés prisonniers.

Cañuela avait été émerveillée par la beauté des ruines qui subsistaient. L'élégance des colonnes, les gravures compliquées faites en filigrane sur la pierre, tout était l'œuvre des extraordinaires artisans indiens.

Les ruines vers lesquelles elle se dirigeait maintenant, et dont elle était sûre que les guérilleros avaient fait leur quartier général, se trouvaient en un lieu isolé, loin de toute route importante.

Son père et elle les avaient découvertes tout à fait par hasard, au cours d'une de leurs promenades.

Elles étaient entourées d'une épaisse haie d'aubépines, infranchissable tant pour un homme que pour un cheval. Mais ils avaient découvert un passage qui y conduisait, et Cañuela se rendit compte qu'il devait être facile pour un ou deux hommes de garder l'entrée, en sachant que, de toute évidence, il était impossible d'approcher d'une autre manière.

Grâce à des années de recherche, Lionel Arlington savait que les esclaves indiens avaient élaboré des moyens pour échapper à leurs oppresseurs.

L'attirance exercée par la pampa était plus forte que leur crainte d'être tués ou torturés, et en certains endroits les Espagnols durent s'avouer vaincus et abandonner tout espoir de garder une main-d'œuvre qui disparaissait continuellement.

– Comment réussissaient-ils à s'enfuir, papa? avait demandé Cañuela.

– Tout en sculptant les pilastres, les socles et les piédestaux qui ont donné toute leur majesté aux édifices jésuites, ils creusaient des tunnels pour s'échapper, car il le fallait bien!

– Cela devait être risqué, fit remarquer Cañuela.

– Ils risquaient d'être exécutés immédiatement si jamais ils étaient découverts, et c'est ce qui a dû se produire dans bien des cas. Mais il est encore possible de découvrir dans certaines ruines les passages pratiqués par les Indiens pour retrouver leur pampa bien-aimée.

– S'il te plaît, papa, emmène-moi dans un de ces passages! avait supplié Cañuela.

– Il faudra d'abord le trouver, avait répondu Lionel Arlington d'un ton enjoué.

Il ne leur avait fallu pas moins de huit visites aux ruines situées à la sortie de Buenos Aires avant que Lionel Arlington ne découvre ce qu'il cherchait.

Ils étaient rentrés triomphants pour raconter leur succès à Mrs Arlington, et elle avait promis de les accompagner un jour pour voir le tunnel secret dont ils étaient si fiers.

Mais avant qu'elle puisse y aller, le scandale se rapportant à la supposée trahison de son mari avait éclaté, et ils étaient partis pour l'Angleterre.

Cañuela se souvenait du plan des ruines et elle était certaine que Ramón de Lopez devait se trouver dans ce qui avait été à l'origine le bâtiment réservé aux Indiens.

Les murs y étaient plus épais, ou peut-être étaient-ils plus solides à cause de l'absence de décorations, et ils avaient résisté à l'assaut du temps.

C'était une vaste pièce qui avait pratiquement la forme d'une boîte allongée, sans toit, ouvrant sur ce qui avait été l'une des cours principales de la mission.

Elle devait être aisée à surveiller, et un homme emprisonné à l'intérieur ne pouvait s'échapper à moins qu'il ne fût équipé pour escalader un mur de sept mètres; encore que, l'eût-il franchi, il serait seulement arrivé à la haie d'aubépines.

C'est là que le señor doit se trouver! pensa Cañuela, avec un sursaut d'effroi à l'idée qu'il ait pu déjà être torturé ou malmené.

Elle avait peur pour lui et souffrait de tout son être. Tout en se disant que de tels sentiments étaient déplacés, qu'ils trahissaient l'amour qu'elle avait porté à son père, elle ne pouvait rien faire pour s'en défendre.

« Comment ai-je pu être assez stupide pour ne pas me rendre compte qu'en restant seule, comme je l'ai été, avec l'homme le plus séduisant d'Argentine, il était inévitable que je tombe amoureuse de lui? » se demanda-t-elle.

Pouvait-il y avoir quelque chose de plus inéluctable que d'aimer un homme dans les bras duquel toutes les femmes du pays étaient prêtes à tomber avant même qu'il ne le leur demande?

Pour lui, elle n'était rien qu'une servante d'un rang supérieur. Ainsi qu'elle le lui avait dit, elle était très consciente de sa place dans la hiérarchie sociale. A bien des égards, les Argentins avaient conservé le protocole rigide et formel de leurs ancêtres espagnols.

Un Espagnol n'accepterait jamais de rabaisser sa fierté en épousant une personne d'un rang social inférieur, et les grandes familles argentines qui se mariaient entre elles étaient beaucoup plus fières de leur arbre généalogique que n'importe quel aristocrate anglais.

Tout en continuant à chevaucher dans la nuit, Cañuela se demanda avec fureur :

« Pourquoi faut-il que je songe au mariage ? »

Elle savait trop bien que, en ce qui la concernait, le mariage était impossible. C'était une chose qu'elle avait admise auparavant, et le seul fait d'évoquer le mariage en pensant à Ramón de Lopez était ridicule.

Elle était bannie de la société – une paria – la fille d'un diplomate accusé de trahison envers son pays, et pour cette raison elle ne pourrait jamais être l'épouse d'un homme respectable.

« Mais je l'aime ! Je l'aime ! »

Son cœur désespéré ne cessait de lui répéter ces mots. Afin d'oublier sa douleur, elle éperonna son cheval pour aller plus vite, jusqu'à ce qu'elle voie qu'Alberto ne pouvait plus la suivre.

Cela faisait presque une heure qu'ils chevauchaient quand Cañuela tira sur ses rênes, et, tandis qu'Alberto l'imitait, elle eut un moment de panique.

Et si elle avait oublié le chemin ? Si elle n'arrivait pas à retrouver toute seule ce qu'elle cherchait ?

Puis, un peu plus en avant, elle vit, comme elle l'espérait, l'ombre noire de quelques buissons près d'un bloc de pierre qui semblait avoir été jeté là par une main de géant.

C'était à cet endroit qu'elle avait prévu de laisser les chevaux. Elle mena le sien jusqu'aux buissons et passa les rênes à Alberto qui avait déjà mis pied à terre.

– Reste ici ! murmura-t-elle, et ne fais aucun bruit. Le son porte loin.

Elle était sûre qu'il le comprenait, et il lui répondit par un simple hochement de tête.

Elle s'éloigna sur la terre aride couverte de broussailles où les hautes herbes ne poussent pas, mais où elle savait que l'on pouvait voir dans la journée les fleurs de menthe, le thym sauvage, et les fèves à fleurs. Elle continua à marcher jusqu'à ce qu'elle sente le sol devenir plus rocailleux et s'incliner légèrement.

La mission avait été construite sur une colline, et bien qu'elle ne fût pas très haute, elle dominait les terres environnantes. Au pied de cette pente naturelle, Cañuela commença à chercher ce que son père et elle avaient découvert trois ans auparavant.

L'ouverture était dissimulée par de grosses touffes d'herbe et la végétation épineuse qui était abondante à cette époque de l'année. Et les pierres avec lesquelles son père et elle avaient bloqué et caché la sortie qu'ils avaient découverte étaient toujours là.

Elle les retira une par une, en prenant bien soin de ne faire aucun bruit, jusqu'à ce qu'apparaisse une sombre ouverture, tout juste assez large pour permettre à un homme d'y pénétrer en rampant.

Avant de partir, Cañuela avait accroché une lanterne à sa selle. Comme elle n'arrivait pas à en trouver, elle avait finalement dû demander à Dolorès de lui en procurer une. C'était le genre de petite lanterne que portaient les bergers ou les fermiers, la nuit, avec simplement, à l'intérieur, un morceau de grosse bougie qui, une fois allumée, était protégée par un verre épais.

Elle se mit à plat ventre pour pénétrer dans la petite ouverture en protégeant la lanterne avec son corps, et au bout de deux ou trois mètres, elle put s'asseoir et l'allumer.

Comme elle s'en souvenait, le plafond du tunnel était plus haut à cet endroit et permettait d'avancer en gardant le dos courbé.

Le passage était grossièrement taillé dans la roche, et

il semblait incroyable que les Indiens aient pu creuser aussi profondément sous terre avec les outils inadéquats qui étaient les leurs. Pourtant, grâce à leur technique, il avait résisté à l'offensive de trois siècles.

Cañuela avançait lentement en tenant sa lanterne d'une main. Elle grimpait toujours et commençait à avoir mal au dos lorsque, enfin, elle vit le passage se rétrécir jusqu'à une petite ouverture, semblable à celle par laquelle elle était entrée.

Elle l'examina très minutieusement et découvrit le levier que son père lui avait montré, et qui faisait bouger une grosse pierre au pied d'un mur, dans la pièce de la mission où étaient emprisonnés les esclaves. Ce stratagème était si ingénieux qu'il était impossible de le soupçonner de l'intérieur.

La grosse pierre qui fermait l'entrée du tunnel était identique aux autres pierres formant la base du mur. Seulement, elle se trouvait sur un pivot. Ce n'est que grâce à la persévérance de Lionel Arlington, et parce que ses précédentes découvertes lui avaient indiqué dans quelle direction chercher, qu'ils avaient réussi à découvrir le moyen d'évasion des Indiens.

Le levier s'était rouillé avec le temps, mais ils l'avaient nettoyé et huilé pour le débloquer. Maintenant, Cañuela n'avait plus qu'à prier pour que, depuis leur venue, il ne se soit pas de nouveau bloqué. Si tel était le cas, elle ne croyait pas être capable de le faire bouger toute seule.

Elle posa la lanterne par terre et, en poussant le levier des deux mains, elle sentit qu'il cédait un peu. Elle était tendue par la crainte de voir au dernier moment tous ses plans réduits à néant. Mais, cette fois, elle était certaine de pouvoir remuer la pierre, et la seule chose qui restait à prouver, c'était si elle avait deviné juste quant à l'endroit où était gardé Ramón de Lopez.

Elle souffla la bougie et, en poussant le levier comme son père le lui avait montré, elle sentit la grosse pierre bouger.

C'est alors qu'elle entendit des voix. Des hommes étaient en train de parler, un éclat de rire vulgaire fusa, et puis elle perçut avec étonnement le son d'une guitare.

Cañuela respira profondément. Elle ne pouvait espérer mieux! La musique couvrirait le bruit que pouvait faire la pierre. Elle était lourde et très épaisse mais, en y mettant toute sa force, elle réussit à la pousser un peu plus.

Maintenant, elle pouvait apercevoir de la lumière, sentir la fumée d'un feu et l'odeur du tabac brut. Elle regarda par la fente qui faisait à peine plus de deux centimètres. Les guérilleros étaient assis autour d'un feu qu'ils avaient allumé dans la cour où ils devaient être occupés à boire et à manger.

Très lentement, Cañuela poussa la pierre un peu plus en avant. Elle regarda droit devant elle et tressaillit en apercevant Ramón de Lopez. Il était assis dans l'ombre contre le mur, presque en face d'elle. Même assis par terre, les jambes allongées dans ses grandes bottes, il paraissait élégant et incroyablement à son aise.

Elle se demanda à quoi il pouvait bien penser, car il semblait être à mille lieues des hommes qui riaient et plaisantaient autour du feu.

Elle poussa encore un peu plus la pierre et aperçut un garde, un fusil sur les genoux, qui était assis contre le chambranle d'une porte, le visage tourné vers le feu.

Elle le voyait de dos, barrant le passage entre la pièce et la cour.

Cette pièce était donc tout naturellement une prison, et personne n'aurait pu en franchir le seuil sans qu'il le voie.

Cañuela poussa encore un peu la pierre. Cette fois, elle pouvait passer la tête et les épaules.

Elle regardait Ramón de Lopez, mais il était évident que, plongé comme il l'était dans ses pensées, il ne pouvait pas la voir, d'autant plus qu'il ne manifestait pas le moindre intérêt pour ce qui se passait autour de lui.

Elle se demandait comment faire pour attirer son attention. Puis elle se dit qu'il fallait y arriver en quelque sorte par transmission de pensée. Si elle exerçait toute sa volonté pour l'obliger à penser à elle, il finirait sûrement par prendre conscience de sa présence. Elle le regardait donc fixement et ne put s'empêcher de murmurer tout bas :
— Je vous aime! Je vous aime!

C'était presque comme si elle avait parlé tout haut, car, immédiatement, il réagit.

Elle le vit se raidir, redresser la tête, tout en ayant soin de ne faire aucun mouvement brusque, et il regarda dans sa direction. Elle fit un signe de la main. Puis elle recula de manière qu'il puisse voir le trou sombre et vide et comprendre qu'il s'agissait d'un passage.

C'était le moment le plus dangereux et elle retenait son souffle. Ramón de Lopez se mit lentement sur ses pieds. Il bâilla, s'étira. A ce geste, le garde tourna la tête.

— Ce sol est sacrément dur! fit Ramón de Lopez en maugréant.

— Qu'espériez-vous, señor, rétorqua le garde. Un matelas de plume?

Il eut un rire méprisant.

— Cela me conviendrait sans doute mieux, répondit Ramón de Lopez.

— Je vous en paierai peut-être un avec le million de pesos qui doit arriver demain, répliqua le garde d'un ton sarcastique.

— Peut-être vous rappellerai-je votre promesse, dit Ramón de Lopez.

Il traversa la pièce d'un air indifférent, pour aller s'appuyer contre le mur, le plus près possible de l'entrée du tunnel, puis lentement se rassit sur le sol en faisant du bruit avec ses bottes.

La musique s'amplifia et l'homme qui jouait de la guitare entonna une chanson grivoise.

Les autres se joignirent à lui. Le garde s'empara d'une bouteille et lampa une longue gorgée d'alcool.

C'est alors qu'avec une incroyable rapidité Ramón de Lopez quitta l'endroit où il était assis et avec la souplesse d'un serpent se faufila dans le trou qui apparaissait à la place de la pierre.

Il avait juste assez de place pour passer ses larges épaules et, tandis qu'il s'avançait en rampant dans l'obscurité, Cañuela lui tendit la main pour le conduire plus avant dans le tunnel.

Puis, dès que cela fut possible, elle repassa derrière lui pour appuyer sur le levier et remettre la pierre en place. Elle n'arriva pas tout de suite à refermer complètement l'ouverture et pensa être obligée de lui demander de l'aider. Mais soudain la pierre se remit en place exactement comme lorsque son père y avait mis de l'huile.

Ils se trouvaient maintenant dans l'obscurité complète mais elle entendait sa respiration.

Elle passa de nouveau devant lui et retrouva la lanterne. Elle l'alluma et, en la soulevant, elle le vit tout près d'elle; il la dévisageait. Il lui parut très fort et très beau, à la lueur vacillante de la flamme, et elle se sentit intimidée par son regard.

Sans un mot, tenant à bout de bras la lanterne pour éclairer le chemin, elle commença à redescendre le long du tunnel.

Elle progressait lentement, sachant bien que pour

Ramón de Lopez, ce devait être extrêmement inconfortable.

Ce passage avait été creusé pour des Indiens qui étaient beaucoup plus petits que lui, et il était évident que, pour la suivre, il devait se plier pratiquement en deux.

Cependant, il fallait faire vite. Quand les guérilleros s'apercevraient de son évasion, ils commenceraient sûrement par fouiller les abords immédiats.

Ils supposeraient, bien que cela parût impossible, qu'il avait réussi à escalader le mur, à se frayer un chemin à travers la haie d'aubépines pour se retrouver dans la plaine.

Cañuela savait parfaitement qu'il courrait un risque effroyable si jamais il était repris, aussi ne fallait-il pas perdre de temps.

Par chance, il était plus facile de redescendre le tunnel, que ce ne l'avait été pour grimper.

Néanmoins, Cañuela avait l'impression que le temps passait, alors qu'en réalité il ne s'écoula guère que quelques minutes avant qu'ils ne rejoignent l'étroite ouverture par laquelle elle était entrée.

Un agréable vent frais s'y engouffrait. Cañuela éteignit la bougie et referma le verre de la lanterne. Elle allait franchir la sortie la première, quand, à son étonnement, elle sentit les mains de Ramón de Lopez se poser sur ses épaules. Il la poussa sur le côté et passa devant elle.

Elle comprit qu'il agissait ainsi afin d'être le premier à faire face à un éventuel danger.

Elle le suivit et vit sa silhouette se découper sur le ciel étoilé. Elle rampa derrière lui pour sortir et trouva la main qu'il lui tendait. Il l'aida à se remettre sur ses pieds. Alors, juste comme elle se retrouvait debout, il l'enlaça et sa bouche se posa sur la sienne.

Jusqu'à cet instant elle avait été uniquement préoccupée par le fait qu'il fallait le ramener sain et sauf, si bien que son geste la prit tout à fait au dépourvu. Pendant un moment, elle demeura pétrifiée de stupeur, avant de prendre réellement conscience de la chaleur et de l'insistance de ses lèvres.

Instinctivement, elle leva les mains comme pour se débattre. Puis un sentiment étrange, merveilleux, l'envahit, qui la transporta dans une indicible extase. C'était inexplicable. Jamais elle n'avait éprouvé une émotion de cette sorte. Elle ressentait un tel ravissement, une félicité si enivrante qu'elle avait l'impression que son être tout entier prenait vie dans une explosion de passion.

Il la serra de plus en plus fort et elle sentit son corps se fondre dans le sien; il se confondait à la nuit et aux étoiles et leurs deux êtres ne faisaient plus qu'un.

Enfin, tandis que la terre vacillait sous ses pieds, que le monde entier avait disparu pour ne laisser que lui, il relâcha son étreinte. Il la prit par la main pour l'entraîner vers le bloc de pierre où étaient cachés les chevaux.

« Il devait se douter qu'ils se trouvaient là », se dit Cañuela par la suite, car il ne lui avait pas demandé quelle direction prendre et elle était incapable de parler.

Elle ignorait qu'un seul baiser pût être la source d'un émerveillement aussi extraordinaire, aussi miraculeux. Il avait pris sa bouche et elle avait l'impression d'être vibrante, de rayonner d'un éclat surnaturel.

Toujours main dans la main, ils atteignirent le bloc de pierre et retrouvèrent Alberto qui attendait derrière avec les trois chevaux.

– Señor! murmura Alberto d'un ton stupéfait.

– Chut! ordonna Ramón de Lopez.

Il souleva Cañuela dans ses bras pour l'aider à monter en selle.

Il enfourcha son cheval et, en l'espace de quelques secondes, ils se retrouvèrent tous trois en train de galoper à une vitesse qui prouvait clairement qu'ils se savaient encore en danger.

Ils avaient la chance d'avoir des chevaux de grande race comme ceux de Ramón de Lopez, et Cañuela était sûre que ceux des guérilleros, à moins qu'ils n'aient été volés, étaient des bêtes très inférieures.

Néanmoins, elle savait que, comme elle, il craignait d'entendre à tout moment le sifflement d'une balle et le bruit des guérilleros arrivant au galop des ruines.

Ils parcoururent au moins deux kimomètres sans que Ramón de Lopez ni Cañuela ne se soient retournés.

Dans la nuit étoilée, il leur était difficile de voir si quelqu'un était lancé à leur poursuite. On pouvait être aisément trompé par des ombres, par le mouvement du vent dans les herbes.

Sans un mot, ils repartirent à une allure qui interdisait toute conversation, eussent-ils souhaité se parler.

Lorsque Cañuela aperçut les lumières de Buenos Aires, elle eut l'impression de n'avoir jamais éprouvé une joie aussi intense. Ces lumières signifiaient la sécurité, la sauvegarde et la fin du danger qui menaçait Ramón de Lopez!

Encore maintenant, la pensée qu'il eût pu être tué ou mutilé par les individus qu'elle avait vus assis autour du feu lui était insupportable. En outre, elle ne saurait jamais avec certitude si, une fois l'argent remis, Ramón de Lopez aurait été libéré, sain et sauf. L'honneur n'existait pas chez ce genre de bandits et Cañuela était persuadée qu'ils n'auraient pas couru le risque de voir leur tête mise à prix, sachant que l'homme qu'ils avaient enlevé connaissait leurs visages.

Enfin, ils retrouvèrent les rues pavées de la cité. Il y avait peu de gens dehors, à cette heure de la nuit, et ils rejoignirent rapidement la plaza San Martin. Ramón de Lopez mit pied à terre devant la porte de sa maison. Elle s'ouvrit brusquement en laissant s'échapper un flot de lumière dorée et le señor Naón apparut, entouré de la plupart des domestiques qui se groupèrent sur les marches.

Cañuela songea qu'ils avaient dû s'apercevoir de son départ, et que, ayant découvert qu'Alberto avait pris trois chevaux, ils s'étaient doutés de ses intentions. Mais l'heure n'était pas aux explications, car un immense cri de bienvenue s'éleva lorsque les domestiques aperçurent leur maître.

En guise de réponse, Ramón de Lopez souriait tout en aidant Cañuela à descendre de cheval, et ils gravirent ensemble les marches pour pénétrer dans la fraîcheur du grand hall.

Comme toujours, lorsque les Argentins se trouvent dans un état de surexcitation, cela produisit un vacarme extraordinaire. Tout le monde posait des questions et parlait en même temps. Tout protocole, toute convention étaient oubliés. Pour l'instant, Ramón de Lopez n'était pas leur patron, c'était un homme comme eux qui avait miraculeusement échappé à un danger.

– Comment est-ce arrivé, señor? Comment avez-vous fait? ne cessait de demander le señor Naón. L'argent était prêt pour demain! Je n'arrive pas à croire que vous êtes ici! Que vous ayez pu vous enfuir!

– C'est entièrement grâce à miss Gray, répondit Ramón de Lopez.

A ces mots, il s'aperçut que Cañuela s'était discrètement éclipsée.

Elle s'était empressée de gravir l'escalier et de courir le long du balcon jusqu'à sa chambre. Elle n'avait pas envie de donner des explications; elle ne voulait pas dire à Ramón de Lopez comment elle connaissait l'existence du tunnel secret des ruines.

Pendant toute la durée de leur retour vers Buenos Aires, elle n'avait cessé de penser à la difficulté qu'elle aurait à expliquer comment elle connaissait ce passage.

Que pouvait-elle dire? Quelle histoire plausible pouvait-elle inventer? Et quoi qu'elle dise, à moins que ce ne fût la vérité, la croirait-il?

Elle atteignit sa chambre et ferma la porte comme pour barrer le passage au danger, mais cette fois ce n'était plus pour Ramón de Lopez mais pour elle-même.

Elle regarda son costume. Il était couvert de poussière, ce qui n'était guère surprenant après avoir rampé comme elle l'avait fait pour entrer dans le tunnel.

Elle avait les cheveux emmêlés et ébouriffés par le vent, mais, en se regardant dans le miroir, ses yeux lui semblèrent particulièrement brillants, ses lèvres plus rouges, plus douces et plus tendres.

« C'est à cause de son baiser », pensa-t-elle.

Son baiser avait éveillé en elle la flamme brûlante de son amour. Elle ignorait qu'il était possible d'éprouver de tels sentiments, d'être transportée dans une extase telle que plus rien n'existait sinon sa bouche sur la sienne.

Alors, elle comprit qu'il lui fallait partir. Elle ne pouvait pas continuer à demeurer chez lui, en désirant, plus qu'elle n'avait jamais rien désiré dans sa vie, connaître à nouveau ses lèvres. Elle ne pouvait rester pour le voir se détourner d'elle avec horreur, peut-être même dégoût, lorsqu'il apprendrait qu'elle était la fille de Lionel Arlington.

« Je dois partir très vite », se dit-elle avec une détermination forcenée.

Ses malles étaient rangées dans une penderie qui communiquait avec sa chambre. C'était là que Dolorès les avait défaites et elles étaient soigneusement empilées contre le mur, sous une couverture en coton.

Cañuela ferma à clé la porte de sa chambre et, ayant retiré son costume poussiéreux, elle commença à faire ses bagages.

Elle venait de commencer lorsque l'on frappa à la porte. Elle tressaillit et demanda avec une certaine appréhension :

– Qui est-ce?

– C'est Dolorès, señorita. Je vous apporte à manger et le señor pensait que vous auriez peut-être envie de boire quelque chose.

– Je suis trop fatiguée, Dolorès. Je suis presque endormie.

– En ce cas, je dirai au señor que vous ne souhaitez pas être dérangée.

– Dis que je suis couchée.

– Je le lui dirai, señorita.

Cañuela entendit les pas de Dolorès s'éloigner le long du balcon et elle se remit à faire ses malles.

Il était à peu près 3 heures du matin. Cañuela avait l'intention de se reposer environ une heure avant de se rendre au port. Elle savait que les navires partaient souvent à la marée du matin, vers 7 heures. En arrivant au quai avant 6 heures, elle pensait n'avoir aucun mal à obtenir une cabine.

C'était une chance qu'elle ait son billet de retour et elle avait toujours l'argent que sa mère avait voulu qu'elle emporte.

Cañuela s'allongea sur son lit. Elle croyait pouvoir dormir mais elle était trop agitée pour cela. Par ailleurs, elle se révoltait intérieurement à l'idée de partir, de quitter Ramón de Lopez.

« Je veux rester... Je veux rester... », lui répétait son cœur battant.

Mais sa raison lui disait que la seule conduite possible était de partir, et de partir immédiatement.

Il était peu probable que Ramón de Lopez apprenne son départ avant de descendre prendre son petit déjeuner et, d'ici là, elle serait déjà loin.

Cependant, comme elle craignait d'être découverte, et qu'il essaye de la retenir, Cañuela était habillée et prête à partir peu après 5 heures.

Déjà les rayons dorés du soleil perçaient à travers la fenêtre de sa chambre; elle savait que dès maintenant des gens commençaient à circuler dans les rues.

Elle fit tinter sa sonnette. Presque dix minutes s'écoulèrent avant que Dolorès n'arrive, l'air étonné et encore ensommeillé.

— Vous avez sonné, señorita?

— Il faut que je reparte immédiatement en Angleterre, Dolorès. Ma mère est malade et elle a besoin de moi.

— J'en suis désolée, señorita, mais que va dire le señor?

— Il comprendra. Mais il faut que tu m'aides, Dolorès, je ne veux pas ameuter tout le monde. Je désire simplement que l'un des domestiques descende mes malles pour les mettre dans une voiture.

— Je vais en demander une aux écuries, señorita.

— Une voiture de louage suffira, dit Cañuela. Je préfère que le moins de gens possible soient dérangés par mon départ.

Dolorès la regarda d'un air étonné mais ne lui posa aucune question. En revanche, elle partit chercher deux hommes qui descendirent les malles, et, plus rapidement que Cañuela n'avait osé l'espérer, on parvint à trouver un fiacre dans lequel ils empilèrent ses bagages, et elle put se mettre en route pour le port.

— N'en parlez pas au señor avant qu'il ne descende prendre son petit déjeuner, déclara Cañuela d'un ton ferme. Il pourrait regretter de n'avoir pas pu me dire au revoir, et je préfère éviter les adieux.

– Je le comprends, señorita, si vous vous faites du souci pour votre mère, répondit Dolorès.

– Alors, je t'en prie, fais ce que je te demande, insista Cañuela.

Elle donna à Dolorès l'une de ses précieuses pièces d'or et, tandis qu'elle s'éloignait dans la voiture, elle agita la main en signe d'adieu à la jolie petite Argentine qui restait debout sur les marches à côté des deux domestiques.

« Ceci sera mon seul adieu, pensa Cañuela, mon seul adieu au palais de San Martin et à son propriétaire. »

La pensée de Ramón de Lopez lui était presque intolérable et, cependant, il lui semblait toujours sentir ses lèvres se presser sur les siennes.

Il l'avait embrassée avec passion, avec désir, et elle se demandait s'il avait ressenti une émotion comparable à la folle extase où l'avait transportée ce baiser. Mais une telle idée était ridicule. Il avait eu l'occasion d'embrasser tant de femmes – des femmes qui étaient belles, séduisantes, pleines de charme, et, en ce qui la concernait, il lui avait simplement donné ce baiser par reconnaissance.

C'était un geste automatique; la réaction que l'on pouvait attendre de la part d'un homme que l'on venait de sauver de l'emprisonnement et d'une mort probable.

Il avait compris, comme elle, qu'il aurait été dangereux de parler; c'est pourquoi il l'avait remerciée en lui offrant ses lèvres, et Cañuela avait la certitude qu'il l'avait déjà oublié.

Quant à elle, elle était sûre de ne jamais oublier cet instant, il demeurerait éternellement gravé dans sa mémoire. Elle voulait éviter de penser à l'avenir, mais elle savait que jamais plus elle n'éprouverait cette étrange et indicible ivresse : ce moment d'émerveillement pendant lequel elle s'était sentie unie au ciel et aux étoiles.

Elle s'aperçut avec stupeur qu'elle était arrivée au quai; un certain nombre de navires se préparaient à lever l'ancre. Avec quelque difficulté, elle finit par trouver au bureau des réservations un employé qui semblait à moitié endormi.

– Oui, señorita, l'*Hibiscus* doit lever l'ancre à 7 heures. Vous pouvez monter à bord dans une demi-heure.

– Merci, señor.

Elle lui tendit son billet et il régla toutes les formalités.

Le porteur qui avait descendu ses bagages du fiacre les transporta dans un chariot jusqu'à la passerelle de l'*Hibiscus*. Elle apprit alors qu'il y aurait un peu de retard. Personne ne pourrait monter à bord avant 7 heures. Elle jeta un coup d'œil à sa montre et dit en souriant au porteur :

– Je n'ai plus qu'à attendre.

Elle s'assit sur le bord du chariot et observa le quai qui s'animait de plus en plus à chaque minute.

A 6 h 30, le porteur eut une longue discussion avec un matelot qui se trouvait à bord de l'*Hibiscus*. Il revint ensuite vers Cañuela qui était toujours assise sur le chariot.

– Il va y avoir encore un peu de retard, señorita.

– Oh non! s'écria Cañuela d'un air consterné.

– J'ai bien peur que si. Ils appellent ça des ennuis mécaniques. Ça veut dire que le navire ne partira pas à l'heure.

Cañuela poussa un petit soupir d'exaspération. Elle se dit qu'elle aurait pu s'y attendre. Cependant, il fallait à tout prix qu'elle parte et qu'elle soit loin de Buenos Aires avant que Ramón de Lopez ne descende prendre son petit déjeuner.

Elle jeta un nouveau coup d'œil à sa montre. Elle l'avait regardée toutes les dix minutes pendant l'heure qui venait de s'écouler.

– Ça ne sert à rien, señorita, fit remarquer le porteur. Vous ne ferez pas passer le temps plus vite!

Cañuela se mit à rire et sa tension se dissipa un peu.

– Il faut que j'essaie d'être patiente, dit-elle.

C'est alors, en disant ces mots, qu'elle songea à Maria. Il lui semblait impossible qu'elle ait pu séjourner à Buenos Aires sans rendre visite à Maria.

– Voulez-vous avoir l'amabilité de garder mes bagages? demanda-t-elle au porteur. J'ai envie d'aller voir une amie qui n'habite pas très loin d'ici. Cela ne devrait pas me prendre plus d'une demi-heure.

– C'est d'accord, señorita.

Cañuela se doutait bien que cela ne l'ennuierait pas de rester assis près de ses malles sans rien faire. En fait, ce devait être le genre de besogne qu'il appréciait.

Il héla pour elle un fiacre qui venait d'arriver au quai et donna au cocher le nom de la rue. Elle n'était pas tout à fait certaine de l'endroit où elle se situait, mais le porteur le savait et il donna toutes les indications nécessaires au cocher. Avec un brusque élan de galanterie, il aida également Cañuela à monter dans la voiture.

– Quel est le numéro, señorita? demanda-t-il.

– Numéro 18.

Il avait été si prévenant qu'elle lui fit signe de la main en s'éloignant.

La maison de Maria se trouvait dans une petite rue, plutôt misérable, à environ dix minutes du quai.

Cañuela craignait un peu qu'il ne soit trop tôt pour que Maria soit déjà levée, mais dès qu'elle frappa à la porte, sa vieille nourrice vint lui ouvrir.

Elle était vêtue avec soin, ses cheveux tirés en

arrière, et elle portait une de ses petites coiffes en lin dont Cañuela se souvenait si bien.

Pendant un instant, Maria la dévisagea d'un air incrédule. Puis elle poussa un grand cri.

— Miss Cañuela! Mia bambina! C'est bien vous? Ce n'est pas possible!

Cañuela étreignit la petite femme et l'embrassa.

— C'est moi, Maria! Je pensais bien te faire une surprise!

— C'en est une... je suis si contente... c'est un jour de bonheur pour moi! Oh, mia bambina, j'ai si souvent pensé à vous! Comment allez-vous... et votre pauvre maman?

Elle entraîna Cañuela dans une petite pièce et la fit s'asseoir devant la table. Maria s'affairait à préparer le café sans s'arrêter de parler, tandis que des larmes ruisselaient le long de ses joues.

— Je croyais bien ne jamais vous revoir. Quand vous êtes partie, vous étiez si triste, votre pauvre maman pleurait, et votre papa...

Maria se tamponna les yeux.

— Tous les jours je pense à lui et à toutes ces vilaines choses que l'on a racontées sur son compte, et je prie pour lui à genoux tous les soirs.

— Tu sais qu'il est mort? interrogea Cañuela.

— Je l'ai lu dans les journaux. Que la Mère de Dieu protège son âme. C'était un monsieur bien. Jamais je ne l'oublierai!

— Jamais non plus je ne l'oublierai et je pensais ne jamais revenir à Buenos Aires.

— Mais vous voilà ici maintenant.

— Je suis sur le point de repartir, expliqua Cañuela. Je ne suis restée que quelques jours et il faut que je retourne maintenant en Angleterre pour retrouver maman.

Elle n'avait pas envie d'expliquer à Maria la raison de son séjour. C'était trop compliqué. Et Maria ne voyait qu'une chose, c'était qu'elle allait repartir à nouveau.

— Vous repartez! s'écria-t-elle. Oh, ma toute petite, je suis heureuse que mes yeux aient pu vous contempler encore une fois, même seulement une minute. Vous êtes toujours aussi belle, mais il est vrai que vous avez toujours ressemblé à un ange du Paradis!

— C'est ainsi que tu m'appelais quand j'étais petite, dit Cañuela. Mais maintenant j'ai grandi, Maria. C'est très difficile d'être toujours comme un ange.

— Je comprends, répondit Maria, vous haïssez les hommes qui se sont montrés cruels envers votre cher papa. Je les hais également. Je confesse ma haine au prêtre, mais je ne peux m'empêcher de continuer à les haïr.

Cañuela commençait à avoir elle aussi les larmes aux yeux et elle essaya de parler d'autre chose. Elle apprit à Maria que sa mère était souffrante, mais qu'elle était partie en Suisse où l'on avait tout espoir de la guérir.

Cañuela finit de boire son café.

— Je dois partir maintenant, Maria. J'ai été très heureuse de te revoir. J'écrirai à maman pour lui dire que je t'ai vue et lui raconter comment tu vas.

— Dites à votre maman que je pense à elle tout le temps, et que je prie pour elle matin et soir. (Elle poussa un soupir.) Je suis vieille, mia bambina. Il ne me reste plus rien que des souvenirs. Des souvenirs de vous, de votre mère et de votre père.

Sa voix se fit plus douce en évoquant Lionel Arlington; Cañuela savait combien elle l'avait adoré.

— Pour moi, c'était l'homme le plus merveilleux du monde, dit Maria. Regardez, j'ai gardé tout ce qu'il m'a donné.

Elle ouvrit l'un des tiroirs de la commode qui occupait un coin de la petite pièce. Elle en retira un paquet et Cañuela s'aperçut qu'il contenait toutes les cartes de Noël qu'elle avait reçues d'eux. Il y avait des cartes postales qu'ils lui avaient envoyées en vacances, des dessins exécutés par Cañuela et des petits croquis qu'elle avait faits pour amuser ses parents.

Maria avait tout précieusement conservé.

Elle ajouta avec un petit sanglot dans la voix :

– Et voici le dernier présent que votre cher papa m'a fait.

Elle tira un paquet du fond du tiroir, l'ouvrit et Cañuela découvrit qu'il s'agissait d'une petite statuette de porcelaine. Elle faisait partie d'une paire, et un jour, pendant que Maria faisait la poussière dans le bureau de Lionel Arlington, elle en avait fait tomber une dans la cheminée; elle avait éclaté en sanglots devant sa propre maladresse.

– Signor... Signor... pardonnez-moi! s'était-elle écriée.

– Ne t'inquiète pas Maria, avait répondu Lionel Arlington. Pour dire la vérité, je ne tenais pas beaucoup à ces statuettes de porcelaine.

– Je vous en achèterai une autre, signor. Je ferai des économies sur mes gages.

– Tu ne feras rien de tel, avait-il répliqué. Au contraire, tu me feras plaisir en emportant la statuette qui reste. Ainsi aucun de nous ne se souviendra de cet incident.

Maria avait continué à pleurer sur sa maladresse, mais il avait tout de même réussi à la convaincre.

– Je la garde toujours dans le tiroir, dit-elle à Cañuela. Si je la posais sur le dessus de la cheminée, je risquerais de la faire tomber. C'est un souvenir très précieux de votre cher papa.

– Il serait heureux de savoir que ce présent te procure toujours autant de plaisir, dit Cañuela tendrement.

Maria s'apprêta à envelopper de nouveau la statuette. Brusquement, Cañuela poussa un petit cri. Elle tendit la main.

– Qu'est-ce que c'est que ce papier, Maria? Où l'as-tu trouvé?

Sa propre voix lui sembla étrange.

Maria baissa les yeux sur le papier qui lui avait servi à envelopper la statuette.

– Il était par terre dans le salon, répondit-elle. Quand votre cher papa m'a donné la statuette, j'ai cherché quelque chose pour l'envelopper, et c'est ainsi que j'ai trouvé ce morceau de papier près de la corbeille à papier – pas dedans, mais posé à côté. J'ai pensé qu'il était là pour être jeté. Ai-je eu tort?

Cañuela essaya de maîtriser sa respiration.

– Non, Maria, mais j'aimerais l'avoir.

– Mais bien sûr, mia bambina, c'est à vous! Vous êtes certaine que je n'ai pas eu tort de le prendre? Il était là par terre.

« Oui, se dit Cañuela, il était par terre, car le vent avait dû l'emporter. Il s'est envolé du bureau de papa jusqu'à la corbeille à papier, et c'est ainsi qu'est né l'un des plus grands scandales de tous les temps dans l'histoire diplomatique de la légation britannique de Buenos Aires! »

C'était avec le plan du port et de ses points stratégiques que Maria avait enveloppé la statuette. Le plan que Lionel Arlington avait été accusé d'avoir vendu aux Américains! Le plan qui avait donné lieu aux accusations de ses collègues, qui avait ruiné sa carrière et causé sa mort.

Elle le prit des mains de Maria et l'aplatit pour le défroisser.

Pendant un instant elle crut qu'elle allait s'évanouir en réalisant toutes les conséquences de sa découverte. Enfin, elle se leva.

– Je dois te quitter maintenant, Maria.

— Vous allez au navire, miss Cañuela?
— Non. Je vais à la légation britannique.
Elle mit les bras autour de Maria en lui disant :
— Merci, Maria. Merci. Tu m'as donné une chose que je désirais beaucoup avoir.

Maria ne comprit pas le sens de ses paroles, mais elle pleurait en regardant Cañuela s'éloigner dans la voiture qui l'avait attendue devant la porte.

Elle donna au cocher l'adresse de la légation britannique. En chemin, elle jeta ses lunettes noires dans un terrain vague. C'était un geste symbolique!

En descendant devant la porte de la légation britannique, qui lui était si familière, elle eut l'impression d'avoir grandi de plusieurs centimètres, de vraiment porter la tête haute.

— Je désire voir le ministre immédiatement, déclara-t-elle au domestique.
— Je crains que ce ne soit impossible, señorita, à moins que vous n'ayez un rendez-vous.
— Il me recevra, répliqua Cañuela. Voulez-vous avoir l'amabilité de me dire son nom?
— Son Excellence se nomme sir Edward Morton, mais il n'acceptera pas de vous recevoir, señorita.
— Sir Edward! répéta Cañuela d'une voix presque imperceptible. (Et elle ajouta d'un ton ferme :) Ayez l'amabilité d'annoncer à sir Edward Morton que miss Cañuela Arlington est ici.

Elle avait dit ces mots avec une telle autorité que l'homme la conduisit dans une salle d'attente et fit ce qu'elle lui demandait.

Les yeux brillants, Cañuela attendit.

Sir Edward Morton était l'un des plus anciens amis de son père. Il était à Buenos Aires lorsque Cañuela était toute petite, à l'ambassade de Madrid en même temps qu'eux, et de nouveau ils l'avaient retrouvé en Argentine.

Il était plus âgé que Lionel Arlington, mais les deux

hommes avaient bon nombre d'intérêts en commun.

Enfant, Cañuela l'avait surnommé oncle Edward, car il était presque considéré comme un membre de la famille.

Elle ne fut pas surprise lorsque, quelques minutes plus tard, le domestique revint lui annoncer que sir Edward allait la recevoir immédiatement.

Il la conduisit tout au long des grands couloirs de la légation jusqu'aux appartements privés du ministre qui, situés dans le fond du bâtiment, donnaient sur la cour. Le domestique ouvrit une porte et Cañuela vit sir Edward debout devant la fenêtre. C'était un bel homme aux cheveux argentés.

Elle poussa un petit cri et traversa la pièce en courant jusqu'à lui.

— Cañuela! s'exclama-t-il. Que fais-tu ici? Lorsque le domestique m'a donné ton nom, j'ai cru qu'il ne pouvait s'agir que d'une erreur.

— Oh, oncle Edward! Si vous saviez comme je suis heureuse de vous revoir... regardez ce que je vous ai apporté.

Tout en parlant, elle lui tendit le plan. Sir Edward le prit et ouvrit des yeux stupéfaits.

— Où l'as-tu trouvé? Comment es-tu entrée en possession de ce document?

— C'est Maria qui l'avait! Oh, oncle Edward, cela semble à peine croyable, mais c'est Maria qui l'avait! Vous vous souvenez de Maria?

— Bien sûr que je me souviens de Maria.

— Elle s'en servait pour envelopper une statuette de porcelaine que papa lui avait donnée. Elle l'avait trouvé à côté de la corbeille et pensait que c'était un morceau de papier à jeter. Pendant tout ce temps-là, il était chez elle!

— Cela paraît incroyable! dit sir Edward. Mais où étais-tu? toi et ta mère? Je vous ai cherchées partout. Vous aviez disparu!

— Nous étions si humiliées, et tellement malheureuses, après la mort de papa.
— Je le comprends bien, répondit sir Edward. Ma chère enfant, le ministère des Affaires étrangères veut vous dédommager.
Cañuela s'immobilisa brusquement.
— Nous dédommager?
Il hocha la tête.
— Janson Mandel a eu un accident de voiture l'an dernier. Il s'est confessé avant de mourir.
Cañuela prit une profonde aspiration.
— Il a confessé qu'il avait inventé l'histoire de la trahison de ton père parce qu'il considérait que ce dernier l'avait offensé.
— C'est à peu près ce que je pensais, fit Cañuela d'une voix à peine perceptible.
Sir Edward baissa les yeux sur le plan.
— La seule chose qui manquait, c'était le plan, et désormais le ministère des Affaires étrangères va pouvoir réparer les torts qui vous ont été faits, en réhabilitant officiellement le nom de ton père, et en versant bien entendu une pension à ta mère.
Cañuela, les larmes aux yeux, répondit d'une voix brisée par l'émotion :
— Cela ne fera pas revenir... papa.
— Je le sais, dit sir Edward, mais cela devrait vous rendre la vie plus facile à toutes deux. Où se trouve ta mère?
— Elle est en Suisse. Elle est malade, oncle Edward. Mais si quelque chose peut lui permettre de retrouver la santé, c'est bien cette nouvelle. Elle est si désespérée depuis ce qui est arrivé à papa.
— En Suisse! répéta sir Edward. Il se trouve justement, Cañuela, que je vais à Genève la semaine prochaine. Je pourrai voir ta mère et lui expliquer ce qui s'est passé.
— Ce serait merveilleux! s'écria Cañuela. Vous savez

que maman a toujours eu beaucoup d'affection pour vous.

– Et ce sentiment était réciproque, répondit sir Edward. J'ai toujours aimé ta maman plus qu'aucune personne au monde.

– Est-ce la raison pour laquelle vous ne vous êtes jamais marié, oncle Edward?

Il hocha la tête et spontanément Cañuela se pencha pour poser un baiser sur sa joue.

– Cher oncle Edward... peut-être qu'après tout ce temps, vous et maman pourriez trouver un peu de bonheur ensemble. Elle est si seule... si désespérément seule depuis la mort de papa.

Sir Edward la serra dans ses bras.

Il ne dit rien et Cañuela comprit qu'il lui était difficile de trouver ses mots.

Ils perçurent les éclats d'une discussion qui se tenait dans le couloir et brusquement la porte s'ouvrit.

Ramón de Lopez apparut et Cañuela comprit que les domestiques avaient dû essayer de lui interdire l'entrée.

Il la dévisageait avec une expression qu'elle n'arrivait pas à définir.

– Lopez! s'écria sir Edward. Vous ne pouviez pas arriver à un meilleur moment. Il y a du nouveau – de très bonnes nouvelles en vérité. Je suis sûr que vous serez enchanté.

Comme Ramón de Lopez demeurait silencieux, sir Edward poursuivit :

– Vous qui avez tant lutté pour prouver l'innocence de Lionel Arlington, sachez que cette fois le dernier maillon de la chaîne vient d'être retrouvé. Le plan! (Tout en parlant, il le lui montra et il ajouta d'un ton triomphant :) Le plan que nous avons tous cherché avec ardeur!

– Où était-il?

On eût dit qu'on lui arrachait les mots de la bouche, tandis qu'il gardait les yeux fixés sur Cañuela.

— C'est Cañuela qui l'a trouvé... commença sir Edward qui se reprit alors : J'oubliais — vous ne vous connaissez pas. Cañuela, voici Ramón de Lopez — un ami très cher de ton père — qui a toujours cru qu'il avait été calomnié et injustement persécuté. Ramón, je vous présente Cañuela Arlington — la fille de Lionel Arlington!

— Nous nous sommes déjà rencontrés, dit Ramón de Lopez.

— Voici ce que je vais faire, déclara sir Edward en se tournant vers Cañuela : je vais envoyer immédiatement un télégramme au ministère des Affaires étrangéres pour leur annoncer que le plan a été retrouvé, et ainsi plus rien ne les empêchera de faire une déclaration publique pour laver ton père de tous les mensonges qui ont circulé sur son compte. Je sais que ce sera fait car j'ai parlé au ministre la dernière fois que je suis allé en Angleterre.

— Je lui ai également parlé, déclara Ramón de Lopez en s'avançant, et pendant mon séjour en Angleterre, j'ai engagé un détective privé pour essayer de découvrir ce qu'étaient devenues Mrs Arlington et sa fille, Cañuela.

— En quoi cela vous préoccupait-il? questionna Cañuela.

— Parce que je croyais en l'honnêteté de votre père.

— Mais vous n'avez jamais répondu à sa lettre. Il vous a écrit pour solliciter votre aide et vous n'avez jamais répondu.

— Je me trouvais en Uruguay. J'avais dû m'y rendre inopinément, et j'ai trouvé la lettre de votre père à mon retour, mais le bateau qui vous emmenait était déjà parti.

Cañuela poussa un petit soupir. Cette explication

semblait si simple, et pourtant ni elle ni sa mère n'y avaient songé. Elles s'étaient contentées d'admettre que Ramón de Lopez avait renié son père comme tous ses autres soi-disant amis.

– Et maintenant, Cañuela, dit sir Edward, tu vas m'expliquer ce que tu fais à Buenos Aires, et où tu habites.

– Elle demeure chez moi, répondit Ramón de Lopez.

Il y avait dans sa voix une fermeté et une autorité évidentes.

Ce n'était pas la peine de discuter!

Elle allait demeurer chez lui!

8

En sortant de la légation britannique, Cañuela se trouva devant un cabriolet décapotable tiré par quatre chevaux.

C'était un véhicule tout nouveau comme elle n'en avait pas encore vu à Buenos Aires, mais elle savait qu'il était très apprécié à Londres comme moyen de transport car il était raffiné et rapide.

La carrosserie était légère, les roues larges, et il était évident que ce véhicule devait être rapide tout en garantissant le maximum de confort sur des routes difficiles.

Toutefois elle était surprise de voir Ramón de Lopez conduire quatre chevaux dans le centre de Buenos Aires.

Il l'aida à grimper dans le cabriolet, et le valet qui tenait les chevaux s'installa ensuite derrière eux. Cela signifiait qu'ils ne pourraient rien se dire sans que ce dernier l'entende et, en un sens, elle était plutôt satisfaite de la présence du domestique. Elle avait tant d'explications à donner, et Ramón de Lopez aurait tant de questions à lui poser!

Mais pour le moment elle éprouvait un soulagement inexprimable; elle était si heureuse, si contente de savoir que le nom de son père était lavé de tout soupçon. En vérité, son esprit était encore entièrement occupé par ce seul fait : l'ombre qui avait obscurci sa vie et celle de sa mère s'était enfin dissipée. Désormais tout subterfuge, tout déguisement étaient inutiles; elle pouvait être elle-même et en être fière!

Il y avait beaucoup de circulation et Ramón de Lopez menait ses chevaux à une allure relativement lente, mais avec une adresse indéniable.

Alors, au grand étonnement de Cañuela, au lieu de tourner dans la plaza San Martin, il s'engagea dans l'une des longues rues droites qui, elle le savait, conduisait à la sortie de la ville.

Elle se tourna vers lui d'un air interrogateur, mais en même temps se sentit un peu effrayée par la gravité qu'elle crut lire sur son visage.

Elle se dit qu'il lui en voulait peut-être, et puis elle se demanda en quoi cela pouvait bien lui importer. Maintenant qu'il connaissait sa véritable identité, ils pouvaient se considérer sur un pied d'égalité, et elle n'avait plus à se sentir dépendante de ses humeurs, et certainement pas de l'exaspération qu'il pouvait éprouver à son égard.

Mais elle réalisa que, si elle était vulnérable auparavant, elle l'était encore plus maintenant. Elle l'aimait et, alors que par le passé elle pouvait se dire qu'il achetait simplement ses services, elle était désormais attachée à lui par un lien beaucoup plus profond. Le lien d'un amour qui lui donnait l'impression d'être faible et réduite à l'impuissance, simplement parce qu'elle se trouvait assise à ses côtés.

Comme ils arrivaient aux confins de la cité, elle ne put refréner sa curiosité plus longtemps.

— Où allons-nous? interrogea-t-elle.

— A l'*estancia*.

Au même moment quatre cavaliers apparurent.

Cañuela les vit venir avec une brusque frayeur, avant de s'apercevoir qu'ils portaient le costume des gauchos de Ramón de Lopez.

De nombreux motifs d'argent ornaient leur selle, leur harnais et leur veste; chaque homme portait à la ceinture un pistolet et un couteau.

Comme s'il lisait ses pensées, Ramón de Lopez déclara :

— Je ne prends pas de risques et, comme vous pouvez le voir, nous sommes bien protégés en cas d'attaque.

— J'en suis heureuse, murmura Cañuela.

— Non pas que les messieurs qui m'ont enlevé puissent nous causer des ennuis pendant quelque temps, reprit Ramón de Lopez. Ils ont été capturés la nuit dernière par l'armée, et il est certain que même ceux qui n'étaient pas recherchés pour des crimes plus graves passeront un bon nombre d'années en prison.

— Quelle sorte de crimes? demanda Cañuela.

— Trois d'entre eux étaient des meurtriers! répondit-il d'un ton désinvolte.

Elle sentit le cœur lui manquer à l'idée qu'ils auraient pu le tuer.

De nouveau comme s'il lisait ses pensées, il ajouta en lui souriant d'une manière qu'elle trouva irrésistible :

— Si je suis ici, c'est entièrement grâce à vous; aussi ne prendrai-je aucun risque, ni pour moi – ni pour vous.

Cañuela se détourna, embarrassée par la manière

dont il avait prononcé ce dernier mot, et elle garda les yeux fixés sur les chevaux.

Il ajouta alors sur un ton légèrement amusé :

— Au cas où vous vous inquiéteriez pour vos malles, elles sont déjà arrivées!

— Vous les avez trouvées?

— Je me suis rendu au quai et j'y ai trouvé le porteur qui m'a appris où vous étiez partie. Mon valet a ramassé vos bagages et, selon mes instructions, ils ont été transportés à l'*estancia* en attendant votre arrivée.

Cañuela aurait aimé lui dire combien elle était impatiente de voir l'*estancia* mais, pour quelque obscure raison, elle avait du mal à parler.

— Votre nourrice italienne, quant à elle, m'a appris que vous étiez à la légation britannique, poursuivit Ramón de Lopez; elle m'a également révélé votre identité.

Cañuela, de nouveau, ne trouva rien à répondre.

Elle se rendit compte que le valet pouvait entendre la moindre de leurs paroles, et toutes les questions qui lui venaient à l'esprit lui semblaient trop intimes pour l'oreille d'un domestique.

Comme s'il comprenait, Ramón de Lopez cessa de parler, concentré sur la conduite des chevaux qu'il menait à une allure folle, tandis que leur escorte galopait à leurs côtés.

Derrière eux un nuage de poussière flottait au-dessus des herbes de la pampa qui ondulaient légèrement. Ils atteignirent l'*estancia* en un temps record. Ce ne fut d'abord qu'une ombre mauve à l'horizon, qui semblait briller au soleil comme une île entourée d'eau. Puis apparurent les hauts peupliers de Lombardie, des arbres séculaires qui se voyaient de très loin.

Comme ils se rapprochaient, Cañuela remarqua des acacias, des pêchers, des cognassiers, et des cerisiers, dont certains, juste en fleur, offraient une vision particulièrement merveilleuse.

Les arbres qui entouraient l'*estancia* devaient s'étendre sur plusieurs centaines de mètres de chaque côté.

Une longue et fraîche allée serpentait jusqu'à la villa et, Cañuela se souvint que c'était l'une des plus belles *estancias* de toute l'Argentine.

Dans le jardin qui entourait la demeure, poussaient des fleurs extraordinairement belles qui resplendissaient au soleil.

De chaque côté de l'*estancia,* se dressaient deux tours qui lui donnaient un aspect un peu médiéval. Enfin, la façade du bâtiment, avec ses piliers sculptés et ses portes et fenêtres voûtées, était aussi belle qu'elle aurait pu l'imaginer.

Non sans un certain panache, Ramón de Lopez immobilisa ses chevaux devant la porte principale et une foule de domestiques accoururent pour les accueillir, pour tenir les chevaux, ou escorter leur maître dans l'entrée fraîche, abritée de la lumière, où s'exhalait un parfum de fleurs.

Au-delà de l'entrée, Cañuela aperçut une cour où se dressait une fontaine qui, au premier coup d'œil, lui parut encore plus belle que celle de la plaza San Martin.

Elle se tourna vers Ramón de Lopez, cherchant à savoir ce qu'il attendait d'elle. D'une manière tout à fait imprévisible, il tendit la main pour prendre la sienne.

– Vous avez très peu dormi la nuit dernière, dit-il d'une voix douce et caressante. Je vous suggère d'aller vous reposer dans votre chambre. Notre mariage sera célébré dans la soirée, à 7 heures!

A ces mots, Cañuela demeura pétrifiée et ne put que le dévisager avec des yeux qui paraissaient encore plus immenses dans son visage pâle.

Il porta sa main à ses lèvres. Instinctivement, les doigts de Cañuela se crispèrent sur les siens, comme le ferait un enfant effrayé.

Puis une voix qu'elle reconnut s'adressa à elle :

– Si vous voulez bien venir avec moi, señorita, je vais vous montrer votre chambre.

C'était Dolorès, et Cañuela eut l'impression d'être enlevée par la femme de chambre. En dépit de toutes les choses qu'elle avait envie de dire ou de demander à Ramón de Lopez, elle ne put faire autrement que de la suivre.

La cour qu'elles traversèrent était plus belle que tout ce qu'elle aurait pu imaginer découvrir dans une *estancia,* aussi ancienne fût-elle.

Il y avait, outre la fontaine sculptée, des statues, des urnes, un dallage magnifique; tout cela exécuté dans un marbre blanc qui étincelait devant le chatoiement des fleurs.

Cependant elle était encore trop stupéfaite pour voir réellement quoi que ce fût; trop émue par les paroles que venait de prononcer Ramón de Lopez pour être même simplement capable de penser.

La chambre dans laquelle Dolorès la conduisit était une vaste pièce blanche où régnait une agréable fraîcheur, les stores ayant été tirés pour la protéger des rayons du soleil. Il était encore relativement tôt, mais Cañuela savait qu'à une heure plus avancée le soleil pouvait devenir très ardent.

– Je n'ai pas encore fini de défaire vos bagages, señorita, dit Dolorès, mais comme l'a dit le señor, il faut que vous dormiez; je terminerai donc ce qu'il y a à faire dans une autre pièce.

– Je suis... étonnée de te voir... ici, Dolorès.

– Le señor a pensé que je saurais m'occuper de votre garde-robe mieux qu'une personne qui ne vous connaîtrait pas, expliqua Dolorès.

Elle commençait à aider Cañuela à retirer son

costume de voyage lorsque l'on frappa à la porte.

C'était un domestique qui venait lui apporter une collation sur un plateau avec un peu de vin. Cañuela était sur le point de dire qu'elle n'avait besoin de rien lorsqu'elle réalisa qu'en réalité elle avait très faim. Elle n'avait pas pris de petit déjeuner, et elle avait dîné très légèrement la veille au soir.

De plus, Dolorès était fermement décidée à suivre les instructions du señor, et Cañuela se sentait encore trop émue pour discuter.

Ce n'est qu'après le départ de Dolorès, quand elle se retrouva seule dans l'ombre fraîche de la chambre, qu'elle put commencer à ordonner ses pensées.

Ramón de Lopez avait déclaré que leur mariage serait célébré ce soir!

Comment avait-il pu prendre une telle décision sans la consulter, et sans même lui demander si elle acceptait d'être sa femme?

Et puis, en réfléchissant, elle dut s'avouer qu'elle ne désirait rien de plus que d'être dans ses bras; de sentir ses lèvres sur les siennes comme la veille, lorsqu'il l'avait embrassée à la sortie du tunnel.

« Je l'aime! Je l'aime! Mais comment puis-je savoir s'il m'aime aussi? »

Pouvait-il vraiment avoir ressenti une émotion aussi merveilleuse que celle qui l'avait envahie au moment où leurs lèvres s'étaient jointes? Pendant un court instant le monde entier s'était arrêté de tourner et plus rien n'existait, ni danger, ni crainte, ni difficulté, seulement une indicible extase!

Elle pensa au ton résolu sur lequel il avait déclaré à sir Edward :

– Elle demeure chez moi!

Et elle revoyait l'expression de son visage lorsqu'il était entré dans la légation.

Elle avait cru y lire un certain soulagement en

voyant qu'elle se trouvait là, associé à une volonté farouche, ce qui signifiait manifestement qu'il était dans un de ses grands moments d'obstination. Et puis, il y avait autre chose...

Etait-ce possible que ce fût de l'amour?

Elle avait peine à le croire; peine à admettre qu'il pût être amoureux d'elle; car en dehors d'un baiser, aucune marque d'amour n'avait jamais existé entre eux.

Cependant, elle sentait son corps tout entier dévoré du désir de sa présence, et c'est en pensant à lui qu'elle s'endormit...

Cañuela eut l'impression de n'avoir dormi que peu de temps lorsque Dolorès vint la réveiller, mais cela faisait en réalité presque huit heures!

Elle s'était endormie pleine d'inquiétude, mais c'est avec un sentiment de joie irrésistible qu'elle s'éveilla.

— Tout est prêt, señorita, lui annonça Dolorès.

Comme Cañuela la regardait d'un air interrogateur, elle ajouta :

— Vous allez bien sûr mettre pour la cérémonie la magnifique robe blanche qui se trouvait dans vos bagages.

— La robe de maman, fit Cañuela à mi-voix.

Rien ne pouvait mieux convenir comme robe de mariée. La robe que sa mère n'avait jamais portée, mais qu'elle espérait tant que Cañuela porterait pour un bal. Peut-être qu'avec un étrange pressentiment sa mère avait su qu'il était essentiel qu'elle l'emporte.

Dolorès lui avait préparé un bain parfumé au jasmin, fleur qui, d'après elle, poussait en profusion dans les cours de l'*estancia.*

Elle la coiffa en relevant ses cheveux très haut, comme le faisaient les Espagnoles les jours de fête.

Cañuela comprit la raison de cette coiffure lorsque, ayant revêtu la robe de sa mère avec son décolleté de tulle vaporeux, elle vit le voile de mariée que lui apportait Dolorès. C'était un voile de style espagnol, ample et court, qui s'accrochait normalement sur un peigne haut. Une tiare en diamants remplaçait le peigne; Cañuela apprit que c'était un présent de Ramón de Lopez.

– C'est un bijou de famille, señorita, expliqua Dolorès. Il appartenait à l'arrière-arrière-arrière-grand-mère du señor lorsqu'elle est arrivée d'Espagne avec l'ancêtre du señor au temps de la conquête.

Représentant un motif de fleurs, cette tiare avait une apparence majesteuse.

Cañuela quitta la chaise où elle était assise devant la coiffeuse pour aller regarder dans une grande glace qui se trouvait de l'autre côté de la pièce.

Aucune toilette n'aurait pu être plus seyante que cette robe de satin blanc, avec sa taille étroite, sa jupe au drapé magnifique, et le voile espagnol retombant sur ses épaules.

Les flammes fauves de sa chevelure semblaient répondre au scintillement des diamants et à l'éclat de ses yeux.

En même temps, elle avait l'air un peu timide, un peu craintif d'une très jeune fille qui entre dans l'inconnu, incertaine de ce que l'avenir lui réserve.

– Vous êtes prête, señorita? demanda Dolorès d'une voix douce.

– Qu'est-ce que je dois... faire... maintenant? fit Cañuela, brusquement effrayée.

– Le señor vous attend en bas. Bien que ce ne soit pas la coutume, c'est lui-même qui va vous conduire à l'église.

Dolorès ouvrit la porte de la chambre. Dehors, sur le balcon, un petit garçon, vêtu du somptueux costume de gaucho, l'attendait, un bouquet à la main.

C'étaient des petites fleurs de lis blanches, et Cañuela se demanda si Ramón de Lopez s'était rappelé lui avoir dit qu'elle ressemblait aux *lagrimas de la Virgen*.

Elle n'aurait pas pu porter ces fleurs car leurs pétales tombaient au seul contact d'une main humaine. Cependant, les petites fleurs de lis n'étaient pas sans leur ressembler, et c'était un peu comme si elles lui transmettaient un message.

Très lentement, elle longea le balcon et descendit l'escalier. Arrivée dans la cour, elle vit Ramón de Lopez qui l'attendait.

Il s'avança vers elle devant les jets d'eau de la fontaine, éblouissant dans le rougeoiement du soleil couchant. Un instant, il lui sembla si grand, si imposant, qu'elle eut peur. Puis elle comprit que c'était parce que pour la première fois elle le voyait habillé en gaucho et qu'il portait cette tenue encore mieux qu'aucun autre.

La courte veste noire, le pantalon ample sur les bottes de cuir et la large ceinture rouge décorée d'argent lui donnaient une allure plus romantique, plus séduisante et plus virile que jamais. Il était debout, parfaitement immobile, et Cañuela demeura figée sur place.

Mais lorsque leurs regards se rencontrèrent, les mots semblèrent inutiles; les explications vaines.

– Tu es plus belle que je ne pourrai jamais l'exprimer! dit-il d'une voix très douce.

Elle sentit son cœur chavirer dans sa poitrine. Alors, il lui offrit son bras. Ils traversèrent l'entrée et, devant la porte, une voiture découverte les attendait, toute décorée de fleurs.

On avait paré de guirlandes les deux chevaux qui y étaient attelés, et le cocher portait une fleur sur son chapeau haut de forme.

Ramón de Lopez aida Cañuela à s'installer et ils s'éloignèrent tout au long de la grande allée bordée d'arbres en fleurs, en direction des tours d'une vieille église qu'elle apercevait dans le lointain.

Ramón de Lopez ne lui prit pas la main et il demeura silencieux. Elle avait le sentiment qu'il se préparait pour la cérémonie qui allait être célébrée et son silence avait quelque chose de religieux.

Quelques instants plus tard, ils étaient devant l'église. Sur le parvis, se pressait une foule de gens qui avaient revêtu leurs plus beaux atours. Aux jupes rouges et aux blouses brodées des femmes, éclatantes à côté des vestes noires des gauchos, s'ajoutaient les couleurs vives que portaient les hommes employés dans les jardins et les vergers de l'*Estancia*.

L'église était pleine. Elle n'était pas très grande et, en s'avançant au bras de Ramón de Lopez le long de l'allée centrale, Cañuela eut l'impression qu'un océan de visages se tournait vers eux, dans un mouvement comparable à celui des vagues, tandis que retentissaient les premières notes de musique.

Emue, elle pencha légèrement la tête et serra son bras plus fort. D'un geste compréhensif, il mit sa main sur la sienne, comme s'il cherchait à la rassurer et à lui redonner de la force.

L'autel étincelait sous la flamme des bougies. Le chœur tout entier était décoré de fleurs de lis. Leur parfum était presque envoûtant et elle était sûre que Ramón de Lopez les avait choisies tout spécialement pour elle.

La cérémonie de mariage ne dura pas longtemps, car il était catholique et elle, non. Mais lorsque le prêtre les déclara mari et femme, Cañuela pria pour que Dieu les bénisse.

Elle avait toujours eu le sentiment que Ramón de

Lopez cherchait quelque chose, désirait quelque chose qui lui manquait. Maintenant, elle priait pour que ce fût elle-même.

– Aidez-moi, mon Dieu, à le rendre heureux, murmura-t-elle de tout son cœur.

Enfin, lorsqu'il prononça ces mots – « et mon corps te vénère », il lui sembla percevoir dans sa voix une sincérité d'une profondeur nouvelle.

Ils redescendirent le long de l'allée centrale au son de l'orgue et, en sortant de l'église, ils furent accueillis par des clameurs assourdissantes.

Les gens les acclamaient, criaient, applaudissaient pour exprimer leur enthousiasme.

Lorsqu'ils repartirent en voiture vers l'*estancia*, la foule entière se mit à courir derrière eux.

Il y avait trop de bruit pour qu'ils puissent se parler et ils durent se contenter d'agiter la main en guise de remerciement pour tous les vœux de bonheur qu'ils recevaient. Ils essayèrent également de se protéger des avalanches de pétales de fleurs qui finirent par envahir toute la voiture.

Ils rentrèrent dans l'*estancia* par une autre porte, et Cañuela se retrouva dans une cour immense, décorée de drapeaux et de pavillons, de fleurs et de lanternes.

Le soleil était déjà couché et le crépuscule cédait le pas à la nuit. A la lueur des lanternes, Cañuela vit qu'un immense festin avait été préparé autour de la cour principale. Ramón de Lopez la conduisit jusqu'à une table devant laquelle étaient installés deux sièges, semblables à des trônes. Les invités, au nombre de plusieurs centaines, prirent place et le festin commença.

Un bœuf entier était en train de rôtir sur un feu dans un coin de la cour. Il y avait des mets traditionnels argentins dont Cañuela se souvenait et d'autres auxquels elle n'avait jamais goûté.

On leur servit du poisson préparé à l'espagnole, de la *corvina* (1) et de la *pescadilla* (2), mets particulièrement appréciés de tous, ainsi que de grandes quantités de moules, de coquillages, d'escargots et de seiche. Il y avait des crevettes roses, des langoustes, des crabes, crustacés qui étaient tout spécialement recherchés à l'époque des fêtes, non seulement à cause de leur goût délicat, mais aussi parce qu'ils servaient de décoration.

Pour terminer le repas, il y eut naturellement du *dulce de leche*, la célèbre confiture argentine faite de lait et de sucre, qui n'était pas seulement le dessert favori de tous les enfants du pays, mais également de leurs parents.

Il y avait des tonneaux de vin et chacun semblait s'amuser énormément.

Cañuela n'avait jamais vu Ramón de Lopez aussi gai. L'un après l'autre, les hommes venaient boire à sa santé, et il trouvait toujours une parole amusante, quelque chose de personnel à dire à chacun.

Elle comprit en l'observant que là résidait le secret d'une *estancia* prospère : le propriétaire n'apparaissait pas comme le maître, il se situait sur un pied d'égalité avec ses hommes, et il régnait une atmosphère de camaraderie indescriptible.

Ils mangèrent au doux son des guitares et des violons.

Une fois les dernières assiettes retirées des tables, la musique s'amplifia et Cañuela vit que tout le monde se tournait vers eux. Elle regarda Ramón de Lopez d'un air interrogateur et il lui sourit.

– Ils attendent que nous ouvrions le bal, dit-il.

Tout en parlant, il se leva et l'entraîna au milieu de la cour. Tout en marbre poli, le sol était idéal pour

---

(1) *Corvina* : corb, en espagnol.
(2) *Pescadilla* : merlan, en espagnol. (N.d.T.)

danser. Il l'enlaça et l'orchestre se mit à jouer les premières mesures d'un tango.

– Notre seconde danse ensemble, dit-il d'une voix chargée d'émotion.

Elle leva vers lui des yeux étonnés.

– Tu le... savais?

– T'imagines-tu que j'aurais pu te toucher sans te reconnaître? demanda-t-il.

Elle se sentit frissonner tant il y avait de passion contenue dans sa voix.

Puis ils dansèrent, comme ils avaient dansé au cours du bal, mais avec cette différence qu'ils étaient plus près encore l'un de l'autre. Cette fois, c'était comme s'il lui faisait la cour, sans un mot, mais avec les gestes sensuels du tango.

Tout son être vibrait sous ses mains, mais aussi sous l'influence de ses pensées. Elle sentait qu'il partageait le désir qu'elle éprouvait de se retrouver seule avec lui, et encore plus près l'un de l'autre.

La mélodie même de la musique se confondait avec leur désir; la danse symbolisait la séduction, l'anticipation et la réalisation de l'amour.

Pendant tout le temps que dura le tango, ils dansèrent seuls. Puis la cour s'emplit de l'écho des applaudissements enthousiastes qui montèrent vers les ténèbres du ciel étoilé.

Alors, tandis que chacun se précipitait vers la piste, Ramón de Lopez attira Cañuela. Avant qu'elle n'ait eu le temps de s'en rendre compte, ils avaient quitté la cour et ses lanternes dorées, pour traverser, de cour en cour, les couloirs déserts de l'*estancia*.

Ils se retrouvèrent enfin dans celle où se dressait la fontaine et sur laquelle donnait la chambre de Cañuela. Sans s'arrêter, Ramón de Lopez l'entraîna en haut de l'escalier, puis le long du balcon. Il ouvrit la porte et un parfum de lis la submergea. Après son départ pour l'église, la chambre avait été décorée.

Seuls brûlaient deux candélabres de chaque côté de l'immense lit, avec ses tentures blanches et sa couronne dorée représentant des anges; mais elle pouvait voir des fleurs de lis un peu partout – le long des murs, sur les meubles et dans de grands vases posés sur la coiffeuse.

Elle se tourna vers Ramón de Lopez; il s'était légèrement éloigné et elle demeura muette devant l'expression de son visage.

– Tu es si belle, dit-il tendrement, que cela me fait peur?

– Peur?

– Oui, j'ai peur que tu sois comme les *lagrimas de la Virgen* qu'aucun homme ne peut toucher.

Elle le regarda s'approcher, sans le quitter des yeux, et son souffle s'accéléra entre ses lèvres entrouvertes, tandis que, très lentement, il franchissait l'espace qui les séparait.

– Est-ce que je peux m'en assurer? dit-il.

Elle frissonna sans pouvoir lui répondre.

Très tendrement, il souleva la tiare qui était posée sur sa tête et retira le voile de ses cheveux.

– Tu es mienne, dit-il, comme je voulais que tu le deviennes. Comment pouvais-tu espérer m'échapper?

Il la prit dans ses bras et l'attira tout contre lui. Elle crut qu'il allait l'embrasser et elle désirait sa bouche plus que tout au monde. Mais il retira les épingles et sa chevelure retomba librement sur ses épaules, telle qu'il l'avait surprise, le soir où il était entré dans sa cabine.

Ses moindres gestes étaient empreints de tendresse. Avec la même tendresse, il lui prit le menton pour attirer son visage vers le sien.

– Je t'aime, dit-il en posant ses lèvres sur les siennes.

Il l'embrassa d'abord avec beaucoup de douceur, et

puis, tandis que Cañuela sentait monter en elle le sentiment étrange et merveilleux qu'elle avait éprouvé la nuit précédente, ses lèvres se firent plus pressantes, plus possessives.

Elle eut l'impression qu'une folle extase embrasait son corps et, de nouveau, le monde se mit à tourner autour d'eux avant de s'évanouir tout à fait.

Elle lui appartenait. Elle l'aimait d'un amour aussi sauvage que le vent de la pampa, aussi violent que les vagues de la mer, aussi profond que la nuit.

– Je t'aime! Mon Dieu, comme je t'aime!

Au son de sa voix, elle tremblait de toute la violence de son désir.

Il prit de nouveau ses lèvres et elle sentit qu'il défaisait sa robe. Il la serra encore plus fort, et la robe blanche qui avait appartenu à sa mère glissa jusqu'au sol, tel un rayon de lune. Il lui baisa le cou, les épaules, les seins.

La soulevant dans ses bras, il l'emporta contre son cœur jusqu'au lit blanc.

Le doux chant d'une chouette hululant dans le lointain réveilla Cañuela, qui reposait contre l'épaule nue de Ramón de Lopez.

C'était la chouette grise et blanche dont le cri ressemblait au chant d'une palombe.

– Te souviens-tu... murmura-t-elle.

– Je t'ai dit un jour que tu ressemblais à une petite chouette intelligente! répondit-il. Il m'arrivait de rester éveillé la nuit en me demandant comment étaient tes yeux. Je ne pouvais pas croire qu'ils fussent aussi beaux que ta bouche.

Elle sentit un frisson la parcourir.

– Quand as-tu commencé à... m'aimer?

Il la serra dans ses bras.

– Je sais maintenant que je suis tombé amoureux de ta voix dès que tu m'as parlé en espagnol. Elle m'a paru belle et musicale, et possédait un charme qu'aucune voix féminine n'avait jamais eu pour moi. (Il ajouta en souriant :) Par la suite, cette voix se fit froide et distante; elle se voulait sévère.

— Tu disais alors que je... ressemblais à un... *frigorifico*.

— C'était l'impression que donnait ta voix. Cependant, la tendre courbe de tes lèvres me laissait deviner que ta véritable nature était plus chaleureuse. Et je ne me trompais pas!

Cañuela enfouit son visage tout contre lui en rougissant.

— Tu as éveillé en moi un tel... émoi!

— Ressens-tu réellement un désir aussi violent, aussi passionné, que celui que j'ai pour toi?

— Tu le... sais... bien.

— Je t'apprendrai à m'aimer, mon cher amour, jusqu'à ce que tes yeux brillent d'une flamme comparable à celle de tes cheveux.

— Je le... souhaite.

— Si tu savais comme j'avais peur de t'être réellement antipathique!

— J'avais décidé de te... haïr, car je pensais que tu avais... trahi papa.

— Comment pouvais-tu imaginer une chose pareille? J'avais pour ton père une profonde affection. J'ai lutté autant que j'ai pu pour prouver que les calomnies qui l'accablaient étaient fausses.

Il la serra encore plus fort.

— Comment avez-vous réussi, ta mère et toi, à disparaître aussi totalement? Tout le monde au ministère des Affaires étrangères, aussi bien ici qu'en Angleterre, s'était lancé à votre recherche, et moi également.

— Nous ne voulions plus être confrontées à un monde qui... croyait de telles... choses... à propos de papa.

– Désormais, le monde va reconnaître ton père et l'admirer.

Cañuela poussa un profond soupir.

– J'ai du mal à croire que c'est la... fin de toute cette... souffrance, de tout ce... malheur.

– Tu ne seras plus jamais malheureuse, promit Ramón de Lopez.

– Jamais?

– Je t'aimerai, t'adorerai, te vénérerai, aussi longtemps que je vivrai – est-ce que cela te rendra heureuse?

– Tu... le sais bien!

– J'aime jusqu'à ton plus petit grain de beauté – j'aime ton intelligence fascinante et stimulante, ton corps merveilleux, et ton visage adorable!

– Est-ce... vrai... ce que tu me dis?

Cañuela avait prononcé ces mots sur le ton d'un enfant qui attend qu'on le rassure.

– C'est vrai, mon amour.

– Tu ne m'as jamais... demandé de... t'épouser. Comment savais-tu que je... t'aimais?

– Je te l'ai demandé, mais pas avec des mots. Lorsque tu m'as aidé à m'échapper – et je ne pouvais croire qu'une femme pût être aussi courageuse et intelligente –, je t'ai embrassée.

En évoquant ce souvenir, Cañuela sentit sa gorge qui se serrait d'émotion.

– Dès que tes lèvres s'unirent aux miennes, ma chérie, elles m'apprirent que tu m'aimais. C'est tout ce que je voulais savoir.

– Mais... je n'aurais jamais pu... t'épouser, tant que le nom de papa n'aurait pas été... réhabilité!

– Tu m'aurais épousé.

– Tu ne pouvais pas épouser... quelqu'un qui était... suspect, que les gens... pensaient être la fille d'un... traître.

– Crois-tu que cela me gênerait que tu sois la fille

du diable lui-même, ou d'un mendiant de la Boca (1)?

— Moi, je ne t'aurais pas... épousé.

— Alors, je t'aurais enlevée. Je voulais que tu deviennes ma femme, et je ne t'aurais jamais laissée partir. (L'emprise possessive de sa voix la fit frémir.) Désormais tu es ma femme! reprit-il. Je n'ai jamais, et c'est la vérité, ma précieuse chérie, demandé à aucune autre femme de m'épouser, ni même souhaité en épouser une avant de te rencontrer. Je t'aimais déjà avant de te voir le soir où je suis entré dans ta cabine.

— Comment était-ce... possible?

— On n'aime pas seulement avec les yeux, répondit-il; d'instinct, les hommes aiment avec leur cœur et leur âme. (Il ajouta en lui caressant les cheveux :) Lorsque je t'ai vue avec ce bébé dans les bras, ce fut pour moi comme un éclair aveuglant. J'ai su que j'avais trouvé ce que je cherchais depuis toujours. J'ai compris que tu étais la femme qui m'appartenait; la concrétisation parfaite de l'idéal caché dans le sanctuaire secret de mon cœur où personne n'avait jamais pénétré.

Sa voix profonde était chargée d'une vibrante émotion. De nouveau, Cañuela enfouit sa tête au creux de son épaule.

Au bout d'un moment, il s'adressa à elle sur un ton très différent :

— Tu pleures! Ma chérie – qu'ai-je dit? Qu'ai-je fait pour te rendre malheureuse?

— C'est... parce que je suis si... heureuse, répondit Cañuela dans un sanglot. Tu me dis des choses si... merveilleuses. Je pensais ne jamais pouvoir me... marier, et voilà que maintenant je suis ta... femme.

---

(1) La Boca : l'embouchure du Rio de la Plata sur les bords duquel grouille toute une population pauvre. (N.d.T.)

Sa voix se brisa, et Ramón de Lopez la serra encore plus fort contre lui, en laissant courir ses lèvres dans ses cheveux.

— Tu as passé des moments si terribles, dit-il tendrement, et cette obligation d'être tout le temps cachée a dû être intolérable. C'est tout à fait terminé maintenant, ma belle, mon adorable petite femme.

— Je suis si... heureuse... si merveilleusement, extraordinairement heureuse, dit Cañuela.

Mais sa voix se brisait encore un peu sur les mots.

Elle ajouta alors d'un ton presque accusateur :

— Tu... voulais me faire pleurer.

— Ce sont des larmes d'amour.

Cañuela releva la tête.

— Tu savais que c'est ainsi que l'on appelle parfois les... *lagrimas de la Virgen*?

— Bien sûr que je le savais, répondit-il, et n'est-ce pas absolument merveilleux que tu verses de telles larmes pour moi?

— Je t'aime! murmura Cañuela.

— Moi, aussi, je t'aime! nous avons tant de choses à faire ensemble, ma chérie – ensemble, toujours.

— Lorsque nous avons dansé ensemble, j'ai eu l'impression d'être une... partie de toi-même.

— Comme tu l'es, et comme tu le seras toujours. Et maintenant, je n'ai plus à avoir peur.

Elle sourit.

— Tu sais qu'un homme peut me... toucher de ses mains?

— Seules mes mains peuvent te toucher, rectifia-t-il, et je tuerais quiconque essaierait de le faire.

— Tout ce que je désire... c'est être avec toi... t'appartenir.

— Tu es mienne – mienne tant qu'il y aura des étoiles dans le ciel et de l'herbe dans la pampa. Mienne, mon amour! Maintenant, et pour l'éternité.

Elle sentit ses lèvres sur les siennes, ses mains qui la caressaient, et son cœur battant tout contre le sien.

Rien n'existait plus, que le bonheur merveilleux de s'appartenir l'un l'autre, le plaisir ardent, passionné de l'union de leurs deux êtres.

Barbara Cartland

Découvrez, sans plus attendre, les autres romans de Barbara Cartland, la reine incontestée du roman sentimental. Voici la liste de ses romans actuellement disponibles.

Que notre bonheur dure
N° 1204 Cat. 2 (Mai 98)

La belle et le léopard
N° 1215 Cat. 2 (Juin 98)

Les deux cousines
N° 1384 Cat. 3

L'étoile filante
N° 1521 Cat. 1

Le marquis et la gouvernante
N° 1682 Cat. 1

Le chemin de l'amour
N° 2318 Cat. 2

Le château du bonheur
N° 2515 Cat. 2

Le prince russe
N° 2589 Cat. 2

La sirène de Monte-Carlo
N° 2648 Cat. 2

La course à l'amour
N° 2903 Cat. 2

Sous le soleil de Grèce
N° 3775 Cat. 2

Les sortilèges du cœur
N° 3809 Cat. 2

Pour l'amour d'un chevalier
N° 3841 Cat. 2

Trahison !
N° 3884 Cat. 2

La beauté trahie
N° 3986 Cat. 2

Un baiser dans le désert
N° 3997 Cat. 2

Un cœur hanté
N° 4009 Cat. 2

L'éternité de l'amour
N° 4017 Cat. 2

Sous le ciel de Bahreïn
N° 4071 Cat. 2

Passeport pour le bonheur
N° 4315 Cat. 2

Innocente imposture
N° 4316 Cat. 2

Une infinie patience
N° 4336 Cat. 2

Cœurs rebelles
N° 4368 Cat. 2

Un mariage dangereux
N° 4369 Cat. 2

Tous les parfums des Indes
N° 4394 Cat. 2

Ravissante Cléopâtre
N° 4395 Cat. 2

Fuite vers l'amour
N° 4419 Cat. 2

Un si gros mensonge
N° 4420 Cat. 2

Un mariage de raison
N° 4446 Cat. 2

Cœurs à l'unisson
N° 4447 Cat. 2

L'incomparable Irina
N° 4473 Cat. 2

Héritage écossais
N° 4474 Cat. 2

Une punition royale
N° 4501 Cat. 2

Le secret de la princesse
N° 4502 Cat. 2

Princesse fugitive
N° 4545 Cat. 2

La petite brodeuse
N° 4546 Cat. 2

Trois jours pour aimer
N° 4559 Cat. 2

Quand vient l'amour
N° 4581 Cat. 2

Une blonde inconnue
N° 4582 Cat. 2

Rendez-vous à Calcutta
N° 4603 Cat. 2

Un voyage enchanteur
N° 4604 Cat. 2

Beau comme Apollon
N° 4632 Cat. 2

L'inconnu du petit bois
N° 4633 Cat. 2

Idylle en Ecosse
N° 4666 Cat. 2

Echange de cœurs
N° 4717 Cat. 2

Lune de miel au Népal
N° 4718 Cat. 2

Le domaine de l'amour
N° 4762 Cat. 2

Passions orientales
N° 4763 Cat. 2

Un mariage sans amour
N° 4779 Cat. 2

L'amour ou la fortune
N° 4780 Cat. 2

La guerre des cœurs
N° 4813 Cat. 2

Complot amoureux
N° 4814 Cat. 2

L'ange et le marquis
N° 4846 Cat. 2

Symphonie berlinoise
N° 4877 Cat. 2

---

2 ROMANS RÉUNIS EN UN VOLUME (27 FRANCS)

Un amour en danger, *suivi de :*
La princesse oubliée
N° 4693 Cat. 3

Un amour sans fortune, *suivi de :*
Les illusions du cœur
N° 4694 Cat. 3

Achevé d'imprimer en Europe (France)
par Brodard et Taupin à La Flèche (Sarthe)
le 22 juin 1998. 1928U-5
Dépôt légal juin 1998. ISBN 2-290-01228-9
1er dépôt légal dans la collection : sept. 1981

Éditions J'ai lu
84, rue de Grenelle, 75007 Paris
Diffusion France et étranger : Flammarion